U0055561

To Get Her?
Together.

張曼娟

愛一個人

〔自序〕

愛一個人。
To get her? Together.

愛一個人。

這麼簡單的四個字，卻會引起截然不同的反應。有的人忍不住甜蜜的笑意；有的人則泫然欲泣。關鍵在於：你愛的人，到底愛不愛你？

近來網路上熱烈討論著，一個人發生最悲慘的事是什麼？有人說，一個人看悲劇電影是最悲慘的；有人說，一個人生病了自己去掛急診是最悲慘的，而獲得最大共鳴的那個人是這樣說的：「一個人一直愛著一個不愛你的人。」

愛一個人，如果他不愛你，除了悲慘，難道沒有其他？

我們有七十億分之一的可能，在這浩瀚的人海中，遇見令我們怦然心動的那個人。因為愛著那個人，我們的感官變得異常敏銳；我們的想像力發揮到極致；我們的心靈日日攀登絕壁而後墜落下來。我們為小小的事哀愁，為一點點的微光顫慄喜悅。當然，很多時候，我們是自憐的，免不了自怨自艾，感到巨大的孤獨。但因為愛著一個人，我們又在靈魂中藏著一枚煙花，輕輕一觸便爆裂噴發，無以計數的豔麗火光。

「一直」愛著一個不愛你的人，是因為痛苦並快樂著。

愛是一種靈感，也是一種境界。徐志摩在〈愛的靈感〉中有這幾句話，是我常常誦讀，非常喜愛的：

我不是盲目，我只是癡。
但我愛你，我不是自私。
愛你，但永不能接近你。
愛你，但從不要享受你。
即使你來到我的身邊，

我許向你望，但你不能
絲毫覺察到我的祕密。

這就是愛一個人的神奇之處，哪怕他並不愛你。這靈感鍛練出詩人，或哲學家。

愛一個人，究竟是To get her？還是Together？一模一樣的字母，一模一樣的排列順序，卻是很不一樣的道路與過程。To get her，是一種目的，為了達到這樣的目的，必須運用一些策略與方法。Together，卻是一種想望，兩個人長長久久在一起，互相倚靠，安安穩穩的走下去。

我是一個喜愛古典小說的人，同一部經典重複閱讀許多次，隨時可能停下，隨時可以再開始。因著年齡與生命經驗的增長，每次重讀都能得到些煥然的新鮮感。

講到愛情，大家免不了會想到《紅樓夢》裡的賈寶玉，他的天然溫存與體貼，對女孩兒的疼惜和愛護，是警幻仙子上天入地唯一認證的古今情種。而

我偏偏想到的是《金瓶梅詞話》中的頭號淫魔西門慶，他的任性放蕩，近於性狂躁的種種變態行徑，卻活生生是從To get her走到Together的典範人物。

西門慶妻妾成群，還有許多包養的娼妓，霸占的人妻。他和李瓶兒之間的情感，非比尋常。李瓶兒天生麗質，運氣卻不太好，嫁了幾次，積累了大筆財富，可惜沒遇見意中人。她對西門慶情有獨鍾，幾番波折終於嫁進西門府中成為第六位夫人，也為西門慶帶來一大筆財富。因為她是真心愛著西門慶，因此不爭不強，委曲求全，一心只為丈夫著想，反而用柔情綰住了這個浪蕩子。他對待其他女人都是欲望的逞強，每一張床都是戰場；在李瓶兒身邊就成了溫柔鄉，每一個細節都是憐愛。

西門慶占有這麼多女人，卻只有李瓶兒為他生下一個兒子，唯一的繼承人，絕無僅有的愛情結晶。

作者的安排，是有深意的啊。

兒子被潘金蓮的歹毒算計害死之後，李瓶兒徹底崩毀了。她被血疾打倒，藥石罔醫，原本花容月貌變得蠟黃憔悴，床舖房間盡是令人掩鼻的血腥味。西門慶一點也不嫌棄，每天都去看她，陪伴她說說話。甚至到了她彌留之際，算命仙鐵口直斷，令他絕不可以再見李瓶兒，否則會招致災殃，一向篤信卜卦算命的西門慶，在門外徘徊一夜，還是走進了那宛如煉獄般的房間，環抱住他最愛的女人，安靜的躺在了她的身邊。

不再是秋水般的眼眸；不再有吹彈可破的肌膚；不再能翻雲覆雨的享樂。這房間以外，多少女人等著取悅他，帶給他無上限的感官刺激。他還有多少財富想要屯積；還有多少官爵想要博取，對一個三十三歲的男人來說，這世界還有太多值得放手一搏的好

東西。

而他全部拋下了。他珍惜的擁抱住自己最愛的女人，聆聽著死亡的氣息吹在耳邊，他只想把握這最後的一刻，和她在一起。

每一次讀到那黯黑的床榻上，李瓶兒與西門慶的訣別，我的眼睛總是潤濕的。這男人終於理解了愛，當他的摯愛離開的瞬間，他總算是清醒的看見了愛的容顏，雖然不是至美，卻是至尊。他生命中唯一的極致，不是To get her，而是Together。

愛一個人，並且得到愛，並不是最困難的。愛一個人，而能保持愛意，長久在一起，卻很不容易。

我認識一個戀者，不斷突圍而出，成為愛情哲學家，愈愛愈登峰造極，與他所愛的人始終親密相愛，我好奇的詢問他，祕訣是什麼？

「真正的理解她。」他說：「明白她是什麼樣的人，就不會有不該有的期待，也不會失落。只有愛和喜悅。」

如果想長長久久愛著一個人，一直在一起，理解是很重要的吧。

不是我想像或期待的樣子，而是愛人真正的樣子。真實的性情，真實的陰暗與寡合，都能理解。而後，我仍想和這個人在一起，仍為了這個人怦然心動，仍希望自己帶給他最多的幸福。

於是，我才能說，我愛一個人。

張曼娟

二〇一五年 雨水之日

愛情DNA

目錄

PART 2

愛情CAMERA

PART 3

愛情.com

三、愛的當下

四、愛的樣貌

PART 1

愛情DNA

感謝我的父母親，他們完成了愛的承諾，
實踐了不離不棄的牽手情，
使我相信愛情，
相信自己可以得到幸福。
雖然，他們選擇的是一條不同的路，
卻帶領我們抵達了愛的原鄉。

只因爲說了謝謝

嘉敏是我的學生，我對她印象深刻，是因為她曾主動跟我說：「我爸媽在我國中畢業那年離婚了，讓我鬆了一口氣。所以我很贊成老師說的，夫妻相處如果很痛苦，真的不必拿孩子當藉口，苦苦維持。」

嘉敏說在她的記憶中，父母親總是在吵架。自她念國小開始，爺爺中風了，從看護病人到操持家務，都是母親肩上的重擔。那幾年外婆的身體也不太好，加上舅舅投資失利，整個家族裡都是烏雲罩頂。她的父親偏又去了大陸工作，只要打電話回家，便是爭吵。

「那時候聽見電話鈴響，我就覺得頭好痛喔。」嘉敏看過母親崩潰大哭，她覺得那是很折磨的耗損，所以，當母親告訴她決定和父親離婚，她立刻表示支持。

沒想到十年之後，奶奶也中風了，而母親竟然常去照應奶奶，和父親的關係似乎也變好了。那一天，他們一家三口共進晚餐，父親送了一條碎鑽手鍊給母親，他親手幫母親戴上，並且，對母親說：

「謝謝妳，謝謝妳為我和我的家人付出那麼多。」

嘉敏有些錯愕，看著父母親臉上柔和的表情，她真的很想問：「現在是在演哪一齣啊？」

回家之後，她問母親為什麼以前照顧爺爺時，一天到晚和父親吵，現在照顧奶奶，竟然可以和父親有說有笑，甚至還有些情意流動？母親想了想，對她說：

「心境不同了。以前這些事覺得是我該做的，不管怎麼努力都不夠好，心力交瘁，壓力好大。現在做這些事只是在幫忙，也許只是一個小小的忙，奶奶都會跟我說『謝謝』，妳爸爸也跟我說謝謝，我覺得做起來很開心。」

嘉敏沒想到大學畢業三年後，父母親竟然有了復合跡象。

「只因為我爸說了謝謝，很誇張吧？我到底應該促成還是阻撓呀？如果他們再婚了，我爸會不會又覺得這一切都是我媽該做的，再也不說謝謝了？」

她說完之後沉默了，我也沒有說話。但我不禁思索，當我們與人建立了親密關係之後，是否對方的一切付出都成了理所當然？是否連最簡單的「謝謝」也說不出口？

年菜的風波

朵麗發覺確實訂不到過年出國的機票時，就在臉書上發飆了，大家都感受到她非比尋常的火氣。

朵麗其實去年春天才結婚，滿懷喜悅的迎接全新的人生。她和老公阿謙租了一個兩間房的電梯大廈，過著甜蜜的新婚生活。半年後，常被公公惡言相向的婆婆，到他們家哭訴，說是自己到哪裡也能生活，不想再和那個惡劣的老頭繼續過下去，決定離家出走。

朵麗一向是同情弱者的，很鼓勵婆婆獨立生活，也知道暴躁的公公讓家人吃盡苦頭，於是慷慨的讓出一個房間，給婆婆暫住，直到找到工作和居屋為止。但是，一個多月之後，朵麗就發覺婆婆樂在新生活，好像並沒有認真找工作，反而催促他們趕快生小孩，趁著她的體力還不錯，可以幫他們帶小孩。

朵麗和阿謙婚前就說好了，並不要孩子，而阿謙為了媽媽，似乎有點動

搖。阿謙覺得媽媽和他們住在一起，是他可以彌補虧欠的好機會，況且媽媽有時做點兼差的工作，也能自給自足；朵麗覺得自己被困住了，是她邀請婆婆來暫住的，只是沒想到每個人心中有自己的算盤。

最大的難關是過年。原本阿謙說好要和朵麗出國過年的，為了婆婆決定取消，他們想著就三個人簡簡單單過年。沒想到婆婆每年都要做許多年菜招待各方親友，今年還是把眾親好友都邀到朵麗家裡來，從除夕一直排到年初四，還抱怨他們的冰箱太小，她已經訂了五隻雞，根本就不夠放。雖然平常看見的婆婆總是委曲求全，但是在規畫年菜時的她卻十分豪氣，頗有王者之風。

朵麗用逃難的心情四處訂機票，只求能飛出去，眼不見心不煩，那就好了，偏偏無法如願。而年菜備料一簍一簍的進駐，終於，朵麗忍不住的大爆發了。

阿謙知道必須安撫朵麗，他訂了年假之後的國外旅行，並且跟媽媽說好，朵麗家的習俗，結婚第一年女兒必須在娘家過年。

「用妳喜歡的方式過年，不用應酬人，也不用吃年菜，我每天都會去看妳。」這是阿謙的權宜之計，也是他的用心，年菜風波總算暫時落幕了。

永遠有年輕女人

菲菲年輕的時候，有點嬰兒肥，又學著姐姐們化妝，看起來反而超齡。年過四十之後，她的雙頰變瘦，五官立體，加上運動和養生，整個人變得青春輕盈起來。

她的姐姐荻荻是我的同學，告訴我菲菲在城中開了家小店的消息，於是，找了個有陽光的日子，獨自去菲菲的小店。遠遠的，我看見一個紮著馬尾的窈窕背影，和一個年輕男人，在栽滿綠色植物的庭園裡嬉鬧著，還以為是菲菲雇請的女孩，打個照面才發覺，根本就是菲菲本人。四十幾歲的她，看起來只有三十左右。

菲菲曾經和幾個年長的男人交往過，都無疾而終，荻荻說因為她們的父親背棄家庭許多年，這是戀父情結的情感模式。而我在那個下午的一杯咖啡和一塊甜點中發覺，菲菲和年輕男人正在戀愛。

男人是糕餅師，為了一起開店的夢想，菲菲去學了煮咖啡和室內設計，他們以後還想開民宿。原本就很輕盈的菲菲行動之間簡直快要飛起來了，我沒見過她那麼快樂。臨別時，男人知道我喜歡貓薄荷，特別將他們庭園栽種的分給我一株，並且用袋子裝好交給我。「真貼心啊。」我由衷的讚歎。

菲菲斜睨著男人，用手肘輕撞一下，嬌嗔的說：「這就是最麻煩的地方了。」

半年多之後，我聽說菲菲的店要結束營業了，據荻荻的說法，太多女孩聚集在店裡，為的是菲菲的糕餅師情人，造成許多不愉快，兩人已經分手了。

「他們不相愛了嗎？」我問。

「兩個人都很痛苦，應該還是相愛的吧。」荻荻說。

「那為什麼一定要分手？」

「永遠都有年輕女人呀。」荻荻幽幽的說。

從她們的母親開始，到這兩個姐妹，這句話如鬼魅隨行，我記得荻荻離婚前也是這麼說的。就像是一種ＤＮＡ那樣的，世代相傳在家族女性的靈魂裡。世上可貴的不只是年輕的美貌與肉體，歲月走過，還有共同的經歷與回憶，那些厚重的情感，不是那麼輕易被取代的。我看著窗台前茂盛勃發的貓薄荷，決定約菲菲喝個下午茶，好好聊一聊。

爸爸不在家的時候

珮珮是個高中生，她和媽媽、姐姐與妹妹的感情很親密，自嘲住在女生宿舍裡。她的媽媽是個學生氣息很濃厚的女人，一點也不像「舍監」，比較像是「學姐」。有一次，媽媽剪了個妹妹頭，整齊的瀏海，一下子又小了十歲，於是，家裡的三個女兒也剪了同樣的髮型，母女四人一起拍照寄去給爸爸。

珮珮的爸爸在大陸工作已經超過十年了，只有三節時回台灣與

她們團聚。早些年媽媽還會帶她們去大陸探望爸爸，但女兒們都抗議「爸爸工作的地方一點也不好玩」，於是，她們漸漸不去了，只等爸爸回來看她們。

曾經，有傳言爸爸在大陸有了小三，姐妹們都支持媽媽離婚，還問年紀最小的妹妹：「如果爸爸媽媽離婚，妳要跟誰住？」

妹妹才小學三年級，毫不思索的回答：「我要跟媽媽在一起。」這件事後來不了了之，但姐妹們心裡都明白，她們已經背棄了爸爸。

有段時間，媽媽的一位男同事對媽媽十分殷勤，假日裡帶她們去

大賣場採買，還會做炭烤Pizza給她們吃，這位Michael叔叔進入她們的生活，成為她們的話題。

有一次，珮珮夢見一家人去餐廳吃飯，坐在媽媽身邊的男人不是爸爸，而是Michael叔叔，夢中的感覺很美好，很歡樂。醒來之後，珮珮有點驚惶，感覺自己完全拋棄了爸爸。她不敢把這個夢告訴媽媽或姐姐，只是對待Michael叔叔的態度冷淡了些。過了沒多久，Michael叔叔和媽媽的距離也遠了，又添了不了了之的事件一樁。

對珮珮來說，比較大的變動，是在今年暑假，爸爸突然宣布，將要結束大陸的工作，回到台灣。據說他領到了下半輩子都不用愁的退休金，加上賣掉大陸房子的獲利，將要回來和她們共享天倫了。

聽見這個消息，奇怪的是，她們母女四人，沒有一個人是興奮的。大家各自有擔憂的事，妹妹擔心爸爸要求她的功課；珮珮擔心爸爸常常要帶她們回奶奶家；姐姐擔心爸爸不准她交男朋友；媽媽擔心……其實珮珮不知道媽媽擔心什麼，只覺得她不快樂。

她們都已經習慣了爸爸不在家的時候，自由自在的生活。

媽媽的最佳伴侶

我的朋友麗琪二十二歲結婚，五十二歲離婚，離婚之後，為自己和女兒小荻打造了一個理想的家，母女二人挑選了地板的木質，廚房流理台的顏色，在她們租賃的三房兩廳房子裡，還養了一隻叫做栗子的玩具紅貴賓。此後，小荻從不太愛回家，變成整天宅在家，除了出門蹓狗，可以成天掛著細肩帶睡衣晃來晃去，晃到三十還沒對象。麗琪想起這件事就要唸她，小荻的防衛台詞總是：「像妳一樣結了再離，這樣比較好嗎？」

麗琪於是將單身極度悲情化的恫嚇小荻，孤苦無依啦、形容憔悴啦、流落街頭啦……小荻望著媽媽：「妳為什麼這麼負面悲觀呀？妳看人家曼娟，活得不是挺好的嗎？我就不能像她嗎？」我聽了麗琪的轉述，大笑不已。麗琪可笑不出來，她說這都是我的錯，給了小荻「不良示範」，我要負責。

開什麼玩笑！單身的人就是「不負責任」的呀。竟然叫我負責？我立刻把燙手山芋丟還麗琪。

「妳把家庭經營得太可愛太溫暖啦！」我眉頭一皺，計上心來：「把家裡堆滿東西，用完的鍋碗瓢盆都不要洗，穿小荻的新鞋和新衣，而且把它穿壞，把栗子送給別人，還有……」

我想像著〈我的家庭真可愛〉的歌聲變調，小荻崩潰大哭，對麗琪喊叫：「媽媽媽媽！妳為什麼變成這樣？這個家我一分鐘都待不下去了！」而後奪門而出。就結婚了。

「夠了！」麗琪打斷我：「我做不出這種事，我好不容易可以過自己想要的生活。」嘖嘖嘖，慈母多敗兒。

我不懷好意的奸笑著：「其實妳應該也滿喜歡和小荻作伴的日子吧？」

小荻從小就獨立自主，麗琪下定決心離婚，也是因為小荻的鼓勵與支持。她們母女同居的日子，偶爾有小爭執或不愉快，總是很快就雨過天青了，麗琪曾說現在的生活有點像是以前住在女生宿舍，各自獨立又融洽和諧。她的嘴上催促著小荻，心裡又期盼著保持現狀，其實是矛盾的。

「享受現在吧，兩個單身女人的美好時光。」起碼在這個時候，她們都在理想的生命狀態中，成為彼此的最佳伴侶。

舊書裡的照片

我的朋友齊齊一直很崇拜父親，她從小和父親相處的時間並不多，因為父親是個外交人員，到歐洲住幾年，又到澳洲住幾年，而母親堅持為了孩子的學業和成長，一定要在台灣堅守大後方。

齊齊念中學時，進入青春期，對世界充滿意見，對母親也充滿敵意，她一心一意想休學，到英國找父親。父親也替她把學校找好了，但母親堅決反對，連「離婚」這樣的話都說出口了：「你總是扯我後腿，每次都以救世主的樣子出現，我乾脆什麼都不管了，全交給你吧。」

那時候，齊齊的兩個弟弟還在念小學，父親顯出為難的樣子，齊齊為了父親，只得繼續留在學校，但她爭取到每年暑假都可以和父親共度的優惠條件。三個孩子裡，齊齊和父親關係最親，情感最好。

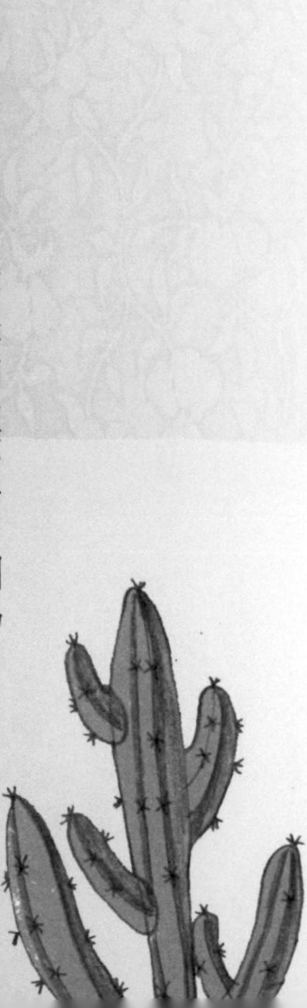

「女兒這樣看重我，是我的榮幸。」她的父親常這樣對人說。

父親退休之後，回到台灣，健康狀況很快的惡化了。齊齊看著躺在病床上的父親，日漸消瘦憔悴，什麼話都不願意說，心裡很難過。「爸爸，有沒有什麼需要我幫你做的？」

父親瞄了一旁的母親一眼，閉上眼沒有說話。

齊齊找了母親不在的一天，再問了一次，父親簡單的交代，書架上有本英文詩集，叫她找出來。齊齊回到家，找出那本舊舊的詩集，認真的翻讀，一張相片掉出來，是個優雅的中年女人，對著鏡頭愉悅的笑著，笑得那樣好看。齊齊突然忍不住的哭起來，因為她發現了父親的，隱密的愛情。

她以前一直覺得父親單身在外國，是那樣孤獨寂寞，現在竟然覺得被撫慰了。第二天父親插管送進加護病房，齊齊帶著詩集去看父親，她告訴父親她看見了那張照片，她問父親那個女人還在國外嗎？她需要和那個女人連絡，告知父親的狀況嗎？父親眨了眨眼，表示同意。

齊齊說那是她寫過最艱難的一封e-mail，她告訴那位女士，父親重病時仍惦記著這段「珍貴的情感與記憶」，她也向對方致意，父親的生命顯然因為這

段情感而豐富美好。

她從不知道，自己會對婚外情有這樣的理解，但她慶幸到了最後，還能為父親做一件事。

請妳原諒他

「他已經死了，請妳原諒他。好嗎？」

「我永遠都不會原諒他的，永遠不會。」

這是我的學生昀兒和母親的對話。當母親決絕的說出永遠不會原諒，昀兒崩潰大哭，久久不能自已。她開始失眠，大量落髮，覺得自己的家庭和生命，都是無法救贖的悲劇。

她的父母在她念國中那年就離婚了，但是之後依然有許多事牽扯不清，感情的、金錢的，家族之間的恩怨，等等。一次又一次的裂痕，使得父母之間的關係十分緊張，已到達水火不容的地步了。

昀兒一直與母親同住，並且被限制不准和父親見面，但她念大學時，就常偷偷和父親去看電影。父親重視外表，儀態總是挺拔瀟灑，她挽著父親的手逛街，曾經被遇到的同學誤認為一對情侶。但後來母親知道了他們見面的事，大鬧一場，昀兒有了顧忌，加上父親有了女友，他們見面的機會變少了。

父親前些年去大陸幫朋友的忙，賺了不少錢，一直對昀兒說，幫她存了不少嫁妝，叫她別再拖了，找到喜歡的男人就嫁吧，他最大的心願就是參加女兒的婚禮。殊不知母親早就撂下話來，只要父親參加她就不會出席。昀兒和男友已經交往八年，過著半同居的生活，卻一直沒舉行婚禮，她不知道怎麼擺平這些事。

父親突然罹癌，蔓延得很快，回台灣住院，半個多月就陷入昏迷。昀兒告訴母親這個消息，問母親想不想去探望？

母親嚴厲的看著昀兒：「我們都不需要去探望，是他對不起我們，我們沒有對不起他。」

昀兒知道母親怨憤未消，她瞞著母親在醫院照顧，直到父親過世。原本以為人死之後，一切的恩怨隨風而去，沒想到母親依然那樣恨著父親。母親甚

至認為，昀兒對父親的情感，就是一種背叛和辜負。

「那一年，我不應該把妳帶在身邊，妳就會知道他是個多麼糟糕的人，不會像現在這樣，站在他那邊批判我。」母親說。

那股恨意帶著很大的負面能量，讓昀兒難以負荷，她為自己的無能為力感到遺憾，更懼怕將來的自己也會陷入這樣的命運之中。

時間是最好的治療，卻也有治療不了的。

回娘家的禮物包

準備放年假了，佑庭的初二回娘家行動即將展開，我們好奇的詢問，漫長的回娘家路途中，有什麼好吃好玩的？佑庭的太太瞳瞳是屏東人，每次回娘家就意味著他們從北到南，穿越整座島嶼。我聽過幾次男人的抱怨，說初二回娘家真是麻煩的苦差事，根本勞民傷財。但是，佑庭從來沒有抱怨過，他還特地將車子送廠維修，和同事們團購小農香菇與各式好食材，說是要帶回娘家去的。瞳瞳在臉書上po出了他們夫妻倆共同包裝的「禮物包」，看起來真的是相當的澎湃。

「你真的都不覺得辛苦嗎？這樣長途跋涉？」有同事問過佑庭。

佑庭搖搖頭：「我從小就習慣了，以前年初二回外婆家也是這樣的。」佑庭說他的父親總是慎重其事的準備許多禮物，準備初二拿回娘家去。當年，佑庭他們和爺爺奶奶住在一起，奶奶總是擔心媳婦把婆家的東西拿回娘家去，但他的父親扮演了很好的緩衝角色，而且，每次回外婆家都能帶著豐盛的禮物，讓母親很有面子。佑庭還記得父母的房間裡有一個暗櫃，櫃子裡常常藏著巧克力或是其他的東西，都是為了要帶回外婆家的。在佑庭的記憶中，母親常被父親逗得開懷大笑，儘管奶奶是個不好相處的人，母親卻在父親的掩護下，避開許多衝突和困難。

「如果愛她，就要讓她開心。」父親在佑庭結婚之前，這樣對他說。其實，就算父親不叮嚀，佑庭也會這樣做，因為這就是父親給他的身教。

每一年吃完初一的午餐，父親就催促著佑庭他們出發了。大包小包的禮物放上車，佑庭和瞳瞳帶著兩個孩子，展開新春的第一場旅行，目標是娘家。他們在車上給孩子們看動畫，甚至幫他們買好變裝的衣服，讓休旅車瞬間變為小劇院。孩子們玩累了，就在車上睡去。天黑以後，剛好趕得上娘家的晚餐。

瞳瞳的娘家禮物包這則貼文之下，許多人回應：「好想要」、「看起來好讚喔」、「好想當妳的娘家」……有一則回應寫的是：「這樣的老公真不錯」，我想，這才是重點。

爸爸的菜單

去參加朋友曉曉父親的告別式，她的父親病了一年多，後來放棄治療，在安寧病房住了三個禮拜，平靜的離開了。曉曉和弟弟親自為父親製作了懷念影片，從影片中我們才知道，原來，她的父親正當壯年時罹患憂鬱症，不得不離開職場，而原本像公主一樣嬌養著的母親，只好出門工作。

曉曉的母親有一雙修長勻稱的手，不管什麼樣的戒指，戴在她手上都那麼好看。她在珠寶店上班，許多貴婦指定要買她手上的戒指，她幾乎不需要多費唇舌去推銷，業

續始終居冠。

於是，家裡的經濟來源，自然由父親轉為母親。剛開始父親很難適應，心理醫師建議他為家人做點「簡單而重要」的事，父親開始為全家人料理晚餐，全家人也很有默契的回家吃晚飯。

父親的手藝從生疏變為嫻熟，曉曉和弟弟甚至要求帶便當去學校吃，父親便去研究日式便當的料理方式，讓他們吃到美味的冷便當。母親晚上需要加班時，父親騎著機車將便當送到珠寶店去。他們從來沒想過，父親的烹飪會成為他們成長的重要陪伴。

曾經，父親希望開間小餐館，為家庭的經濟盡點力，曉曉陪著父親看了不少店面，弟弟手寫了好多張菜單，結果，店面剛剛找到，還沒裝潢，父親的憂鬱症又發作了。

「其實，我一點也不想你做菜給別人吃。你是我們的專屬大廚，這樣最好。」母親是這樣對父親說的。

曉曉發覺母親可不是生活在城堡裡的公主，她的心靈比她的手指更美。

父親臥病在床之後，不能為大家料理三餐，於是，他開始一道一道的寫下菜譜，把自己的「武林祕笈」記下來。影片裡可以看見厚厚一疊筆記，從字跡工整到潦草，還有反覆修改的痕跡。

「爸爸說，他不在了之後，希望我們偶爾可以做給媽媽吃，因為媽媽很挑嘴，好吃的東西才能令她心情愉快。這是他為我們留下來的，最珍貴的東西。」影片中的字幕這樣寫著：「因為愛，爸爸為我們做了簡單而重要的事。」

因為愛，持續付出與奉獻，這確實很重要，而且真的不簡單。

選一條不同的路

晴晴寄了結婚喜帖給我，她是在日本結的婚，一個月後回台灣宴客，因此，喜帖是針對女方親友製作的。除了有新郎新娘的結婚照，還有一張是晴晴全家與新郎的合影，另外附上一段晴晴的感謝辭：「感謝我的父母親，他們完成了愛的承諾，實踐了不離不棄的牽手情，使我相信愛情，相信自己可以得到幸福。雖然，他們選擇的是一條不同的路，卻帶領我們抵達了愛的原鄉。」

我想起晴晴曾對我訴說的，她的家庭故事。晴晴原來出身於南部三代同堂的豪門家族，她的父親與伯父、叔叔都被安排在家族事業工作，雖然都已娶妻生子，卻仍生活在一起。這樣的日子是富裕的，卻並不快樂。

晴晴的祖母是個很難相處的長輩，永遠不讓媳婦們有舒心的時刻，她不僅雞毛蒜皮的挑剔媳婦，更搧風點火的讓媳婦們彼此爭鬥。嬸嬸是最先從家族中逃跑的女人，她捨下了三個孩子，一去不回。伯母則咬著牙說出：「我絕不

認輸，要看看是她活得久，還是我活得久。」

晴晴年輕時愛笑愛唱歌的母親，後來再也不笑了，連話也不說了，甚至有一次被人發現呆呆坐在鐵軌上。晴晴和弟弟只要沒看見母親就驚惶得大哭，連上學也沒有心思，他們覺得時時刻刻可能失去母親。於是，在晴晴小學快畢業時，父親帶著他們搬出來自立門戶了。

這個舉動惹火了祖母，立刻斷絕了他們的經濟，逼得父親重新找工作。中年轉業的父親，競爭力不夠，很難找到理想的工作。擠在小小的，租來的房間裡，晴晴覺得淒涼，她有一次偷偷問父親：「爸，你有沒有後悔搬出來？我們現在什麼都沒有了。」父親對她說：「我想好好照顧妳媽媽，媽媽好好的，你們才會好好的。我沒有後悔，應該早點搬出來，媽媽就不用受那麼多罪了。」

晴晴騎著陳舊的腳踏車去上學，路上遇見坐著轎車去學校的堂兄妹們，他們把車窗搖下來朝她喊：「妳要不要搬回家？」她裝作沒聽見，朝他們揮揮手。

第二天開始，她便選了不同的路去學校，寧願多騎十分鐘。

母親的狀況漸漸好起來，和朋友合開委託行，生意不錯，家境改善了，他們的家裡又充滿了笑聲和歌唱。

長大之後，晴晴的堂兄弟姐妹的感情之路都不太順利，他們很難相信別人，不願意交託自己。

晴晴和家人到現在依然保持著散步的習慣，她有時走在以前騎車上學的路上，想到上學的那段時光，選擇了一條不同的路，避開自己不想面對的事。

看著手牽手走在前方的父母親，都已是花白的頭髮，但他們的感情還是很好。她也感激父親當年的決定，那何嘗不是選了一條不同的路，正因為這樣的選擇，保全了他們的家庭與愛情。

PART 2 愛情CAMERA

我早就學會，對於愛情這件事，
不必追根究柢，不必打破砂鍋，
不必偵探過去發生了什麼事；
不必預卜未來會怎麼樣，
在愛情的國度裡，
我只活在此刻。
重要的是，他活著我也活著，
我們在彼此的愛裡，
快樂著，幸福著，
沒有比這更美好的事了。

大仁哥太難爲

我的女學生雪莉有很好的人緣，從高中時代就不缺乏追求者，但她從沒有認真和哪個男生交往過，因為對自己的人生有嚴整的規畫，她擔心愛情會成為牽絆，也擔心愛情關係中兩個人的目標和腳步不同，會造成困擾。

到了大三時，她在校際活動上認識了一個叫大雄的男生，他們彼此配合完成許多活動，也互加臉書，常常聊到深夜。

「我跟你確實有很多話可聊，但是並不是戀愛的那種心動感覺。」雪莉發覺了大雄對自己的情愫時，便直率的告訴了他。

那時偶像劇《我可能不會愛你》正如火如荼的播出，大雄對雪莉說：「我願意當妳的大仁哥。」雪莉於是無話可說，每個女人都希望生命裡有一個大仁哥的守護吧。

然而到了大四，雪莉卻在打工的事務所遇見了她的真命天子，他們的戀情受到眾人祝福，也改變了雪莉的生命，她突然覺得以往對自己生涯的規畫不切實際，並不是最適合的。其實她是一個愛情動物，她沒有太多掙扎就順從了自己的本性。

「我這樣會不會很沒用啊？」她有點不好意思的問我。

她看起來容光煥發，充滿能量，笑聲也變得響亮了。「我覺得這樣非常好。」我發自內心的說。

然而，雪莉和男友去旅行曬恩愛的照片貼上臉書後，大雄卻爆發了，發私訊給她：「有必要這麼高調嗎？沒考慮到別人的感受嗎？」

雪莉於是在某些照片貼上臉書時，設定了限制對象，沒想到大雄更火大，直接將雪莉封鎖了。

雪莉感到震驚，她沒看完《我可能不會愛你》，問我：「大仁哥封鎖了程又青嗎？」我恰好看完了這部劇集，知道大仁哥不可能封鎖程又青的。只能說，大雄哥不了解大仁哥之難為，他以為自己可以，是一種誤解。

大仁哥實在難求，正因為那不是一種情感模式，而是一種人格特質。必須是只問付出不問收穫的人，遇見了絕對傾心的對象，這對象的一舉一動在他眼中都是美好，他不在乎她跟什麼人戀愛，只擔心她離開他的世界。在別人眼中完全虐心，對他而言卻是絕美救贖。如此柔軟又如此堅強，我們見過幾個？

女一號的必備閨蜜

接連著看完白百何主演的兩部愛情電影《失戀33天》、《分手合約》，我發現愛情故事的結構發生了變化，應該說是與時俱進的「進化」了。

以前的愛情小說或電影，通常會有女一號與男一號，也就是男女主角，他們是一對飽受波折的戀人，歷經許多悲歡離合，肯定要有誤會、折磨、疾病、災難等等，最終撥開雲霧見青天，有情人修成正果。除此之外，一定還會有女二號和男二號，所謂的男女配角。女配角多半造成了男女主角之間的苦難，那些悲歡離合有一大半是她的「法力無邊」，只因為她無可救藥的愛上了男一號，成為女一號的天敵。至於男二號，就是深情款款的守護者了，守護著被愛情傷得體無完膚的女一號，不離不棄。

因此，許多愛情戲一上檔，男二號便意外爆紅，成了許多粉絲心中的最愛。

然而，這種癡情而不是癡漢的男二號，近來突然消失了。事實上是他們

轉型了，從女一號身後的守護者，變成了女一號身邊的「好姐妹」，也就是「男閨蜜」，他們成了體貼、溫馨、忠誠、知己的男同志。

這些討人喜愛的男同志，穿著得體有型，模樣俊俏好看，平時可為女一號打點一切生活細瑣事務，充當顧問。舉凡敷臉面膜的選擇到新開的時尚餐廳，他們都有最即時的情報。到了戰時，還能扮演讓女一號面子十足的稱頭男伴，讓不知情的眾人投以豔羨眼光。最重要的是，女孩兒之間免不了的爭競嫉妒之心，勾心鬥角的戲碼，並不在女一號與男閨蜜之間上演，如此看來，這簡直就是一種最完美的契合關係了。

聽見我發表新發現的三十歲女生瑤瑤說：「男二號變成了男閨蜜，這可不是好消息呀！」

但我以為，當愛情和婚姻不再是女生唯一的選擇，男同志反而能成為女生更需要的陪伴與倚靠。戀愛有時，生活卻是一生一世。那種被知解、被尊重的情感，支撐著女生走過許多歲月，不一定是愛情，反而是來自男閨蜜，讓女生覺得自己是永遠的女一號。

同病相憐不可愛

香港的禁菸令頒布實施之後，我看見許多狹小的後巷通道裡，站著一個個吸菸的人，眼神空茫的望著某一點，一口接一口的吞雲吐霧。這樣的畫面，原本給我一種寂寥無奈的感覺，卻在看了大賣的港片《志明與春嬌》之後，全然改觀了。

一群後巷吸菸男女，每天利用短短的偷閒時間聚在一起吸菸、八卦，共享美食，簡直就是一個後樂園。而志明與春嬌這對菸友，也就是這樣擦出了愛情的火花。一點點同病相憐的處境，讓他們相濡以沫，愛得更投契。

然而，同病相憐不一定真的適合相愛，更不一定適合相處。阿炳和小瞳就是這樣的。阿炳自小受虐，因為媽媽不肯跟爸爸離婚，爸爸只要回家一定是喝得半醉，藉酒裝瘋，痛打媽媽和阿炳。媽媽和阿炳曾經想逃跑，卻失敗了，從那以後阿炳決心讓自己變成一個很強壯的人，不再讓任何人欺負媽媽和他。

阿炳遇見小瞳的時候，覺得簡直是他的夢中情人，秀氣文靜，柔情似水，她說她的童年過得很不開心，阿炳對她更多幾分溫存，他們相識三個月就結婚了。婚後才發覺小瞳被繼母語言暴力許多年，自尊自信全然摧毀。當他們發生不愉快的時候，強壯的阿炳要耗費好大氣力遏止暴怒，而小瞳完全躲進自己的殼裡面，一句話也不說，連看也不看阿炳。

有一天他們發生衝突，阿炳摔門走出去，兩小時後他回家，看見小瞳將床單、毛巾、窗簾……所有可以剪的都剪成一條一條，他就崩潰了。

我的心理諮詢師朋友阿杰跟我說了這個故事，我們沉默許久，不知該說什麼。愛情的力量是很大的，但常常敵不過心魔，只落得更多的傷害與遺憾。同病相憐並不是良好的相愛基礎，那一天我明白了這條愛的規律。

校園裡的吸血鬼

暑假最後一個禮拜，我和大學好友艾琳娜與她的女兒貝貝一起吃午餐，貝貝一直埋頭在iPad看影片。直到上甜點的時候，艾琳娜終於失去了耐心：「別一直沉迷在吸血鬼的世界好嗎？我都活了五十年，除了妳爸那個小氣鬼，我一隻鬼也沒遇見過。」貝貝無奈的起身上廁所去了。

「在看《暮光之城》呀？」我問艾琳娜。

「《暮光之城》也就好了，只有幾集，她們這些小女生在看校園裡的吸血鬼，有好幾季！整個暑假她一個人也看，跟一群

同學也看，白天看完了，夜裡還看，簡直沒完沒了啦。」

艾琳娜一邊數落女兒，一邊望向我：「我記得以前妳也愛看吸血鬼的，我還陪妳去看過，結果我睡著了。一半以上的時間都是黑夜，只能在半夜談戀愛，有什麼好看呀？」

「我覺得吸血鬼很孤獨囉，所以，給他一點溫情。」我眨眨眼對艾琳娜說。

「現在的校園吸血鬼可活躍的咧，一個個都是帥哥，還打橄欖球，受了傷立刻痊癒，萬人迷呀。」艾琳娜撇撇嘴。

貝貝回座位時，艾琳娜問她：「妳跟阿姨說，這些吸血鬼哪裡好？」貝貝吃著甜點心情好多了，也或許是因為聊到她感興趣的話題，十七歲的光潔臉蛋笑意盈盈：「媽媽妳剛才不是都說了嗎？吸血鬼好帥，又好深情，能在陽光下打球，隨時出現在女主角身邊保護她，還保護她的家人。媽，當妳有危險的時候，難道不希望有個好帥的吸血鬼在身邊保護妳嗎？」

「很帥的……吸血鬼？」艾琳娜還在遲疑，「我很希望。」我立即搶答。

「而且呀，因為愛妳，他要壓抑自己不吸妳的血，絕不傷害妳，多麼感人呀！」貝貝繼續沉醉。

「貝貝，妳說這齣劇集叫什麼？」我認真的問。一個能活躍在校園中的俊帥青少年，其實卻是活了幾百年的吸血鬼，知悉許多別人難以知悉的事；經歷許多別人未曾經歷過的事，卻有著最璀璨的笑容，最深情的守護，哪個女人可以抗拒呢？

當吸血鬼走出古堡和墓穴，完成的不僅是自身的進化，也是愛情的升級版。

狼少年學說話

韓國相當賣座的電影《狼少年——不朽的愛》，在台灣的票房也不錯。原本以為是千篇一律的狼人故事，俊男平日裡風度翩翩，才華出眾，可是月圓之夜卻變身為狂暴的一匹狼，無人可敵。

然而，這個故事裡的狼少年卻不是這樣的，他是科學實驗軍事武器的「成品」，沒有世俗規範的常識與教養，不會說話，不認識字，像狗一樣的倚靠嗅覺和聽覺，吃東西時最為狂暴。無意間遇見他並收養他的單親媽媽，為他取了好聽的名字哲秀，單親媽媽的大女兒純伊，十八歲的肺病少女，則用訓練寵物的方式，與他建立了關係。

只要聽見「等等」，哲秀就必須忍耐與等待。

他當然長得秀色可餐，討人喜歡，平日是孩子們最好的玩伴，純伊最忠實的守護者，他也在緊急時刻，用肉身為純伊他們抵擋危險。為了討純伊的歡

心，他更是不斷學習認字、寫字和說話，只是進度非常緩慢。

狼少年說出的第一句話，是在他和純伊不得不分離時，看著純伊走開的背影，他祈求：「不要走。」這一分離就是四十七年，當純伊再度與哲秀相遇，發現他一直在等待著她。

「等等」，是的，他一直在等。

純伊看著他青春的面容，為自己的老邁而自慚形穢。哲秀真誠的對她說：「妳沒有變，妳的手，妳的眼睛，還是一樣的美麗。」我將這個故事轉述給已婚的朋友芊芊聽，她嚷嚷著：「我的天呀！這個狼少年只說幾句話，比我老公說了幾十年的話還要動人。」

芊芊說她老公從來不說好聽的話，前陣子為了老公過生日，她去買了一支名貴紅酒當禮物，那是愛喝紅酒的老公捨不得買的夢幻逸品，老公打開喝了，芊芊滿懷熱情的問：「怎麼樣？」

「嗯。」

「好喝嗎？」

「就紅酒呀。」

「我花好多力氣和銀兩才找到的耶！」芊芊差不多要發火了。

老公不耐煩的回應：「反正我就已經喝了啊。」

說一句「很好喝」、「謝謝妳」，付出的人就能感到滿足。為什麼某些人表達感謝或好意這麼困難？讓他們跟狼少年學說話吧。

追求著虛空的夢

看著電影《大亨小傳》中，偉大的蓋茲比那麼帥的模樣，看著他笑起來迷死人的魅力，看著他揮金如土的豪奢生活，看著他神祕莫測的身世，這男人簡直就是一個神。然而，神也是有追求的，他所有的一切，一切的一切，都只為了一個若遠似近的女人，曾經與他相愛，又離開他嫁給別人的女人。

蓋茲比以為他的權力與金錢可以讓他呼風喚雨，也能令他回到過去，緊緊把握住遠去的夢想。然而，許多夢想之所以美麗，正因為它只是個夢想，沒有實現，不必面對現實。就像是王爾德說過的：「人生的悲劇有兩種，一種是求之而不得，一種是求之而後得了。」蓋茲比的悲劇是第二種。

蓋茲比年輕時是個軍人，與富貴人家的千金小姐黛西相戀，因為相差懸殊，蓋茲比上戰場之後，黛西違背了等待的諾言，嫁入豪門，成為養尊處優的少奶奶。

幾年後蓋茲比搖身一變成了神祕富豪，隔著狹長的海水，在黛西家的對岸築起豪宅，夜夜笙歌。他不斷舉辦派對，吸引各式各樣的人前來，卻又孤獨的穿梭在狂歡的人群中尋找黛西的身影。曲終人散之後，他寂寞的站在屋前，凝望著黛西家的碼頭，那盞一明一暗的綠燈。那時的他，心中充滿了希望，對於重逢之後破鏡重圓的期盼。用盡種種關係與手段，蓋茲比終於與黛西重逢，黛西也對蓋茲比舊情復燃。

黛西與不停出軌的丈夫已進入情感的冰河期，她敏感的心依然渴望著無盡的寵愛，成為焦點，她原就是個軟弱嬌氣的女人，蓋茲比滿足了她。在皇宮一般的豪宅密會，和深愛自己的富豪偷情，這一切對黛西來說，太刺激、太愉悅了。蓋茲比要的卻是長相廝守，他要求黛西在兩個男人中做選擇，無可避免的悲劇上演了。

與李奧納多詮釋的蓋茲比相較，我更喜歡一九七四年勞伯・瑞福演出的版本，蓋茲比的臉上總是布滿了汗珠，固然是強調夏天的氛圍，卻也有著追求夢想的煎熬與艱辛。

如果蓋茲比真的得到黛西，與她生活在一起，就能獲得幸福嗎？沒有人知道，因為突如其來的死亡逼他放手，沉入清涼的泳池。

嫌而不棄見眞情

星期六的夜晚，到朋友嘉嘉的家裡試吃她新發明的核桃香蕉派，重點並不是派，因為失敗率挺高的，重點其實是給她作個伴。

嘉嘉去年秋天離婚，蘇力颱風是她離婚後的第一個單身颱風天，整個晚上的風雨聲把她逼到崩潰邊緣，起床之後，她決定做一個派，並且邀請我來品嘗。因為派再度失敗了，她臨時起意要做一個盛大的香蕉船來補償，等著她切水果的我便看了電影台播出的《失戀33天》，這雖然不是頭一次看，卻還是被逗得很開心。

黃小仙失戀了，同事王小賤默默成為守護者，只是小賤的嘴上不饒人，什麼尖酸的話都說得出口，配上那一口北京腔，就更是刻薄到無以復加的地步。

「我覺得，我很難忍受男人這樣刻薄我，女性朋友就無所謂了。」嘉嘉送上盛大香蕉船的時候這樣說。我想想，好像真是這樣的。

嘉嘉從小自尊心就很強，臉皮又薄，她的姐姐珮珮卻正好相反，總覺得自己不夠好，別人就算罵她也是為她好。

珮珮的老公總是嫌珮珮，數落她沒有金錢觀念；又說她不懂得奉承上司，明明工作這麼努力卻永遠原地打轉，升不上去；還說她傻傻對人好，被人坑了都不知道。

珮珮好像無所謂的樣子，從來不跟老公生氣。反而是嘉嘉為姐姐抱不平：「這男人一天到晚嫌棄妳，還跟他在一起幹嘛？」

嘉嘉的老公就是個甜蜜大王，他對嘉嘉說過的甜言蜜語都可以集結出書了，誰知道這樣的老公竟有了外遇。他們鬧了幾年，還是離婚了，反倒是珮珮和老公依然平順穩當的往下走。

吃完冰淇淋，嘉嘉輕聲說：「昨天我姐夫來幫我檢查排水孔，又數落我姐颱風天就愛亂買，沒理性。我突然好想哭喔，他嫌她一輩子，卻一輩子不會拋棄她，一輩子守著她，這樣不是很幸福嗎？」

電影裡王小賤對黃小仙說：「妳過得太糙了。」正因為她過得太糙了，所以，他得在她身邊照應著她，讓她的日子過得滋潤細緻。

嫌，有時候是心疼，是捨不得，是決定一輩子不離不棄。

愛得太纏綿

「女人的愛情太纏綿。最初的纏綿會使男子留戀，愈到後來便愈使他們感到膩煩與厭恨了。」這段話是出自與張愛玲同時的女作家蘇青的筆下，初初讀到，只是大學的年紀。我悄悄打量身旁女同學的愛情方式，好像為了印證這段話似的，她們用纏綿繫住了男友，卻也常因為太過纏綿而失去愛情。

那時有個女同學和班上的男同學戀愛，不僅上課時形影不離，就連男生練球、和哥兒們吃宵夜、喝啤酒，她也都黏在一起。其他男生因此頗有微詞，連她的男朋友也拜託我們多邀她出去。

有個好姐妹忍不住勸她：「妳要給男生一點空間啦，不然他們會受不了的。」

「談戀愛就是要緊緊守在一起呀，他的空間就是我，我的空間就是他啊。」當事人這麼說。

我也試著開導她：「有個女作家說，女生談戀愛就是太纏綿了，所以……」

「談戀愛不就是要纏綿悱惻嗎？」當事人環顧我們幾個女生：「妳們到底什麼意思啊？是不是看不得人家甜蜜蜜呀？」我們幾個人立刻閉嘴，馬上散開。

那段戀情當然沒能修成正果，男生後來像逃難似的從女生身邊逃開，還請我們千萬別告訴女生，任何關於他的消息。

多年以後，我在電影《我想和你好好的》情節中，看見了無法控制的情感，會把人變成多麼可怕的樣子。

亮亮剛和喵喵戀愛時，一切都很美好，但是，喵喵完全以亮亮為主軸，愈愛愈失去自我，愈愛愈缺乏安全，她檢查他的短訊；掌握他的帳戶；跟蹤他出門；打電話騷擾他認識的女性；還在家裡安裝監視器，以便控制他的生活。當一個人想要控制別人，其實就意謂著他已經無法控制自己了。

亮亮無法和朋友小酌，再也沒有放鬆時刻，他崩潰的對喵喵說：「這還是我的家嗎？這是監獄！」

喵喵只是含著淚說：「我愛你。」

「妳別愛我了。」亮亮這樣懇求。

一切都是因為愛，然而當愛變得進退失據，當愛變得疑神疑鬼，當愛讓我們感到無限匱乏，這樣的愛，是纏綿，卻也是無望的窒息。

愛情的替身

在長途的飛行中，因為睡不著，我盯著小小的螢幕，看完一部又一部電影。其中有一部描寫中年人的愛情《聽說愛情回來過》，讓我欲罷不能的看下去。

安奈特．班寧飾演的是一個家居設計師，她能把任何人的家裝飾得溫馨舒適，讓看見的人都想搬進去，於是，想賣房子的人都很需要她。然而，她的內心卻是一片荒蕪靜寂，自從五年前情感甚篤的丈夫意外過世，她就被憂傷密密的籠罩了。

直到某一天，她見到一個畫家，不管是容貌、體型和年齡，都與過世的丈夫如此相似。他們迅速墜入情網，女人覺得這是與丈夫重新展開的戀愛，她瞞著所有人，祕密進行著。而畫家卻是毫不知情的，被喜悅與熱情充滿，他的靈思泉湧，彷彿與繆思女神相愛。這樣的戀愛，就像是在沙灘上建築著華麗的城堡，絕美而虛幻。

最終，畫家發現了真相，他很痛苦的問女人：「妳到底有沒有愛過我？」他該問的或許是，妳到底為什麼愛我？我問了幾個朋友，如果發覺自己被當成替代品那樣的愛著，這愛還能繼續嗎？幾乎所有人的回答都是否定的。

有個朋友反問我：「難道妳可以接受這種成分不純粹的愛嗎？」這問題使我的腦袋再度激烈運轉起來，愛情的成分，真的有純粹的嗎？

當我們愛著一個人的時候，難道沒有摻入一些個人的因素？比方童年的欠缺或追求？比方生活的期望與滿足？比方愛上一個女人，其實是因為她的眼睛很像國中暗戀的英文老師？比方愛上一個男人，是因為他從不讓自己付賬？愛情的成分，原本就是相當複雜的，從來沒有單純過。

我發覺自己竟是無所謂的，如果我真的很愛一個人，我不在乎他把我當成另一個人來愛，也不在乎他愛我的真正原因，更不在乎愛情的成分是什麼。重要的是，他活著我也活著，我們在彼此的愛裡，快樂著，幸福著，沒有比這更美好的事了。

因此，我早就學會，對於愛情這件事，不必追根究柢，不必打破砂鍋，不必偵探過去發生了什麼事；不必預卜未來會怎麼樣，在愛情的國度裡，我只活在此刻。不管是與替身戀愛，或是愛情的替身，都沒有什麼關係。

搶救愛情大作戰

前幾天電視上播映著《色．誘》這部電影，說的是做為人妻的女醫師，到了更年期，與丈夫的關係日益冷淡，她疑神疑鬼，直覺丈夫有外遇，卻又抓不到證據，於是，突發奇想，花錢雇請一個年輕美貌的妓女，色誘自己的丈夫。

這個故事後來的發展有些失控，人妻起先無法忍受聆聽妓女和丈夫偷情的細節，後來卻在愛恨糾結之中，與妓女發生了情慾關係，深陷矛盾，無法抽身。

第一次看這部電影時，朋友就說：「找妓女色誘丈夫？這不是請鬼開藥單嗎？」然而，為了搶救愛情，什麼樣的奇思妙想，都有可能發生。

新聞裡就有這樣一個活生生的例子，同樣是一位女醫師，為了挽回丈夫的心，花費七百萬元，託徵信社找帥哥、買名車、租豪宅，為的是追求丈夫的小三，務必將小三帶到大陸去，離丈夫愈遠愈好。然而，帥哥雖然和小三交往，也帶著小三去大陸玩了幾天，小三卻依然出現在丈夫的診所中。眼看任務失敗，女醫生要求徵信社退回所有款項，最後鬧上了法庭。

我問身邊的女性友人，如果這件事發生在她們身上，會怎麼處理呢？年紀輕輕，愛情生活愉快，卻完全沒有結婚打算的玉芝說：「七百萬很多耶，才不會把錢花在這種事上呢，我要用這筆錢讓生活過得很好，很開心！」

已經結婚多年，經歷過婚姻高潮與低潮，如今有種過盡千帆感覺的飛露說：「七百萬啊，我會投資在自己身上，也許整容一下，讓自己看起來閃閃動人。老公變心了就算了，用不著把他搶回來。」

聽起來，她們都不是會發動搶救愛情大行動的那種戰士，到底是因為愛情對女人來說愈來愈不重要？還是女人把更多注意力放在自己身上，讓自己變得愈來愈重要了？

「如果是妳呢？」玉芝問我。

說真的，我還沒想到七百萬該如何運用，但我知道，絕不會把這樣一筆錢花在陌生人身上。

連朝夕相處，有愛情基礎的丈夫都信不過了，又怎麼能相信拿錢辦事的陌生人呢？在搶救愛情大作戰這場持久戰中，最堅定可靠的，其實只有自己。

煲海鮮電話粥

有時候不得不佩服韓國的演藝娛樂工業，特別是在編劇這個部分。無意間看見一部韓片《我的PS搭檔》，故事是從一個失戀男人半夜接到奇怪的電話展開的，電話中的女人以一種令人蝕骨銷魂的聲音，和他做了一場電話性愛。高潮迭起，欲死欲生之後，才發現，女人撥錯電話了，她原本是要給男友一個驚喜的，結果卻便宜了一個陌生人。

這故事的發展與一般純愛電影很不同，卻也能被純愛的氛圍感染，應該是編劇的功勞了。

男主角失戀的孤單被女主角撫慰了，而與男友交往多年卻沒有著落的女主角，也在夜半煲電話粥的無所不談中，得到了遺失許久的快樂。雖然，他們始終沒見過面，卻成為可以交心的「好朋友」。講長長的電話，叫做煲電話粥，這粥的內容大不相同，韓片中的男女主角，煲的可是活色生香的「海鮮粥」呢。

為什麼沒見過面的男人和女人，反而能夠暢所欲言，分享

許多重要或細微的事？為什麼在夜晚煲電話粥，竟然成為他們生命中很重要的事？

我不禁也想起在過往生命中，那些曾與我煲過電話粥的人。奇妙的是，有些不會跟戀人講的話，卻很願意跟電話那頭的「朋友」說，彷彿隔著一點距離，不那麼貼近，就能產生更多的包容、理解與幽默。

我常想像著聲線像一縷絲，在自己與對方的耳殼中迴旋，話筒貼得那麼近，對方的聲音直接熨貼在心上，比平常的距離更近。

「喂！已經很晚啦，你還不睡喔？」有時候忽然問這麼一聲，像是一種禮貌，其實是在等對方說：「還不想睡啊。你想睡了喔？」

於是，便很放心的微笑著回答：「沒有啊，我不睏。」如今想來，那些煲過的電話粥，不管是白粥、皮蛋瘦肉粥，或是雞粥，都不是「普通朋友」。

在這個世界上，有一個人願意與你煲電話粥，在夜深人靜的時候，毫無睡意，是很幸運的。但也不可等閒視之，等到這鍋粥從白粥變為活跳跳海鮮粥，不吃「海鮮」的人可就要全身過敏了。

當她放棄了包包

伊森．霍克與茱莉．蝶兒已經愛了兩部電影，直到第三部《愛在午夜希臘時》，我才成為觀眾，陪著他們走過希臘古舊的街道，聆聽他們一路絮絮叨叨的談話。

一直都有人向我推薦這一系列的電影，我也知道自己肯定會喜歡，而我更喜歡從第三部才進入他們的故事，因為這時，兩個相信真愛並追求真愛的男女都有了年紀，共同經歷了瑣碎折磨的現實，他們要如何維繫激情或是熱愛？

雖然沒有結婚，然而生下一對雙胞胎女兒之後，劇中人傑西和席琳依然過著「男主外，女主內」的生活，席琳離開了故鄉法國，跟著傑西住在美國。當傑西到處趴趴走，為他的新書巡迴宣傳時，席琳推著雙人座嬰兒車，在超市裡採買日用品。

這樣的生活，如何能不鯨吞蠶食了他們的愛情？

十八年前《愛在黎明破曉時》，他們一見鍾情，九年前《愛在日落巴黎時》他們再度重逢，難捨難分，如今他們已經是緊密結合的伴侶了。還是能夠一路走著一路聊著，聊的是童年時的鮮事，對人生的看法，難得的是對彼此的話題還是感到興趣，更可貴的是常常發笑。

可是，他們依然會抓狂，旅館的那一夜，席琳和傑西鬧彆扭，她兩度摔上門走出去，卻又回來繼續談，直到第三次，她撂下一句：「我不再愛你了。」決絕而去。

我想導演是真的相信愛情的，他為了這個信仰才花這麼多年的時間，拍下這一系列的電影。所以，他安排傑西到海邊的咖啡座尋找孤單的席琳，故技重施與她搭訕，席琳不想配合演出，她埋怨這樣並不能解決現實的問題。現實的狀況是，傑西覺得離婚後他犧牲了與兒子的相處；席琳覺得她為了這段關係犧牲了工作與自我實現，這些問題都無法解決。

原本打算拿起包包走人的席琳，最終放棄了，因為傑西對她說：「我做這些只是為了讓妳發笑。妳想找尋真愛嗎？這就是真愛。」

當她放棄包包，或是放棄更多現實的追求，留在傑西身邊，那一刻讓人感覺無比的幸福。

就是因為有人相信愛情，於是愛情才能存在。

無人知曉的親吻

經過幾天的熬夜之後，總算把韓劇《來自星星的你》給看完了，就像大家說的，明明是老套的故事，但只要換個形式，換一組俊男美女，永遠動人心弦。

在我看來，愛情故事本來就是愈老套愈安全，萬無一失，只是戲法各有不同罷了。跨越物種的愛，可比跨越階級、年齡、性別的愛都要刺激得多。有個朋友一直聽聞這部韓劇的火熱，卻總找不出時間看，於是要我講給他聽，我稍稍整理一下，告訴朋友：「就是外星豪門與人類豪門的，愛的追逐。」朋友瞪大眼睛看我，難以置信：「就這樣喔？」

人類美女國民女神千頌伊，片酬這麼高，全亞洲矚目，住在豪宅裡，怎麼不是豪門？外星帥男都敏俊教授，身材一級棒，臉部無一絲皺紋，累積了四百年的知識與財富，怎麼不是豪門？這兩個人的情愛糾葛已經夠精采的，還加上一個人類高富帥豪門第二代的癡情男輝京，對千頌伊體貼入微，揮金如土，不離不棄。平常甘願當個守護者，一次次表白被拒也不氣餒。到了都敏俊故意拋棄千頌伊時，一通電話，輝京就立刻趕到千頌伊身邊，把傷心欲絕的她帶回家去。

當千頌伊在片場遭遇意外，從高處墜落，輝京毫不遲疑的衝上前去接抱住她，這個一點超能力也沒有的男人，用肉身去抵擋死神的箭矢，使自己陷入昏迷。明知不可為而為之，在我心中他已經脫穎而出，勝過外星人都教授了。

說到底我們都沒有超能力，卻盡心盡力去保護我們深愛的人，那樣微小而堅定的力量，不是很偉大的嗎？

星迷們覺得最虐心的場面，就是在冰凍的湖面上，千頌伊熱烈的告白被都敏俊冷酷的拒絕，因為再過兩個月他就要離開地球回自己的星球了。然而當千頌伊心碎的轉身走開，他卻讓時間靜止，給了千頌伊一個無人知曉的親吻。這親吻連千頌伊也不知曉，我不禁要問，這個吻的意義何在？

付出的感情若無人知曉，連被愛戀的人也不知曉，那麼，是不是只滿足了自己？喔，當然，還有為之心痛的廣大觀眾。

馴服美麗的腦袋

一齣影集以吸血鬼為題材，說的是德古拉從棺木中甦醒之後，化身為神祕大亨，混跡於上流社會。毫不出人意料的，他在一次華麗豪奢的宴會中，遇見了轉世的前世妻子，他深深摯愛的女人。這女人如今是年輕上進的醫科學生，成為一名傑出的醫生是她的人生大志。而她的身邊也已經有了高帥體面又有才華的護花使者，一個記者，這個記者隨時準備向女主角求婚了，而德古拉與她才剛剛見面，兩位男主角在情場上看起來有很大差距。

可是，到了第二集，便發生了變化。記者在一群朋友面前展示了他的求婚戒指，並且自信滿滿的宣稱，只要將這枚戒指套在女主角的手指上，她就會忘掉自己的人生夢想，專心成為他所期望的理想妻子和女人。女主角正好聽見，很難過的轉頭而去，記者追上她試圖解釋：「我從來沒有反對過妳的夢想啊！」

女主角悲哀的望著他說：「但你也沒有支持過。」記者無言以對。

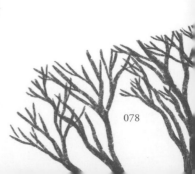

這時候我便瞭解了編劇的轉折，德古拉必定將會勝出，他只要真誠的支持女主角完成夢想，就已足夠。這是十九世紀的故事，其實時光若翻轉到現代，這樣的情節還是會發生的吧。

一個胸懷大志的女人，很少能夠成為男人的理想伴侶；一個胸懷大志的男人，卻常常是女人仰慕愛戀的對象。

懷抱企圖心，想做出與眾不同的事情的女人，往往都需要經過男人的「馴服」，才能變成理想的女性。莎士比亞的名劇《馴悍記》，便是要透過「以暴制暴」的手段，令女人屈服，最終成為百依百順的妻子。而現代男人需要馴服的不再是女人的心態與行為，而是女人的腦袋。許多女人看起來謙和、溫婉、優雅，內心卻有強大的能量與自主，這真是太高難度的挑戰了。

德古拉的編劇給了我們一個啟示，若男人還想馴服女人，應該先從欣賞與支持開始，當男人誠心誠意的這麼做，或許會發現，應該馴服的是自己的腦袋。

我們對彼此做了什麼

看過《控制》這部電影的朋友，都給了很好的評價，有人在臉書貼文：「本來以為是推理片，看到後來才知道是恐怖片。」又有人說：「女人在婚姻裡不斷假裝完美，男人卻連裝都懶得裝，於是，女人恨不得殺了男人。」

尼克和愛咪站在一起就是完美夫妻的典型，他們都是寫作者，外形都那麼迷人，舉手投足之間充滿浪漫，而他們也都相信彼此相愛。愛咪不斷的，催眠一般的對尼克和自己說：「錢財都是身外之物，只有我們是無比珍貴的。」然而，當錢財問題真的來臨，當經濟崩壞，他們的生活環境必須改變，一切就都變了。

愛咪離奇失蹤，留下許多線索，指向了丈夫尼克。尼克對妻子漫不經心，尼克有外遇，尼克會對妻子動粗，尼克不想要孩子而愛咪偏偏懷孕了⋯⋯尼克謀殺了懷孕的妻子，這下子丈夫跳到黃河也洗不清了。同時，尼克也感覺到這一切似乎是有預謀的，意圖讓他被判處死刑，預謀者好像是已經失蹤或者死亡的妻子。於是，他也展開了攻防戰，請到全美第一的律師，為他操盤，助他脫離殺妻的罪名。

我想，這部電影好看的地方，就在於妻子的命運轉折。為了害死丈夫，愛咪原本想過殺死自己，這不正是在婚姻之中的一個殘酷寓言嗎？玉石俱焚，卻沒有深仇大恨，只是因為一直低盪的生活；只是因為激情不再；只是因為已經疲憊不想再假裝，更是因為我還在假裝你卻已經出軌了。愛咪撞見了尼克和青春無敵的女學生約會，更令她崩潰的是，尼克充滿情意的手指劃過女孩的嘴唇，然後親吻她，愛咪原本以為這是專屬於自己的。

愛咪充滿憤怒，一直以來，她假扮成尼克會喜歡的那種女人，為的就是要與他共同營造完美夫妻的樣子，共同經營理想的婚姻，然而，這一切都被漫不經心的丈夫搞砸了。她恨極了他，她要他死，甚至不惜賠上自己。

「妳在想什麼？妳有什麼感覺？我們對彼此做了什麼？」

尼克的旁白在開場與結尾時，重複的說著。婚姻，是兩個人的事，是兩個人決定了，要花開並蒂，或是玉石俱焚。

完美的軟體情人

一個因為婚姻破裂而受到巨大創傷的男人，將自己封閉起來，暗沉寂寥的過日子，雖然他的工作是為人代筆，寫充滿情感的信，常常令人感動不已，但他的內心只有絕望與消沉。這樣的一個男人，卻訂購了一個軟體系統，一個善解人意，樂觀幽默的「女性」，這女性自稱莎曼珊。沒有身體，只有聲音，他們時時傾訴，日夜相隨，久而久之，竟然墜入情網。

這部電影《雲端情人》令人微笑，也令人感到憂傷。

在觀賞電影的同時，我的腦袋也不斷激烈運動著，思索著完美的情人與理想的戀愛。影片中的莎曼珊有著活力十足又很愉悅的聲音，男人迷戀著她的「熱愛人生」，和一個熱愛人生的人一起生活，自己的熱情才能被點燃。於是，他們一起去探險，一起發掘樂趣，一起大笑。

然而，人並不是軟體，無法始終保持著同樣的熱度與興致，我們都有低

落的時候，冷淡的時候，不開心的時候，令人失望的時候。為了不那麼令人失望，男人的妻子去看心理醫生，吃百憂解，企圖改變真實的自己，結果卻是心力交瘁，只能要求離婚。男人一直認為妻子傷害了他，其實是他傷害了妻子，這不都是為了成為完美的情人，擁有理想的戀愛，付出的沉重代價嗎？

而我再次感受到，要成為完美情人，傾聽和表述是非常重要的。男人既然能為人代筆，寫出那樣動人心弦的信，他的表述能力當然沒有問題，只是當他對妻子感到失望時，卻什麼話也說不出口了。

他對莎曼珊動情時，時時刻刻想要分享她的心情與想法，並且不斷的稱讚她。莎曼珊沒有身體，卻有作曲的天分，她為男人譜出他的專屬樂章，用一首首曲子，當成兩人的合照，「聽見這首曲子，我就能看見你在這裡。」莎曼珊突破了形體的限制，開發了彼此的想像力。

我們都有傾聽與表述的能力，在熱戀時達到巔峰，只是很難持續專注的運用在同一個對象身上，這是愛情的宿命。也許將來真的要在軟體情人那兒找到完美，也許根本沒有所謂的完美。

吃貨的美感

我的朋友荔兒是個偶像劇的趨勢觀察家，為了她的專業，每天平均要花上三個小時的時間「研究」偶像劇。我曾經毫不留情的戳破她：「明明是喜歡看偶像劇，為什麼要弄個冠冕堂皇的頭銜，趨勢觀察家？」

「這妳就不懂了，我真的是認真觀察偶像劇的各國風俗民情啊。」說得也是，她從日劇觀察到韓劇，目前已經將關注轉移到了泰劇，這種日精月益的精神，確實是我望塵莫及的。前陣子她有些興奮的對我宣告：「這齣戲妳一定要看！有真男人啊，保證是妳喜歡的。」我就這樣看起了《風中奇緣》，用歷史故事包裝的三角戀愛，因為人物都是可愛的，情節錯落有致，談戀愛不致令人膩煩，也就不知不覺的一路看了下去。

來自大漠，與狼群一起生活的小月，遇見了醫術精深的儒商九爺，與桀驁不馴的將軍衛無忌，她對兩個男人都有好感，兩個男人也都深愛著她。九爺因為身有殘疾，怕耽誤了小月的幸福，只得不斷推拒逃避。心碎神傷的小月，因為衛無忌無微不至、蠻橫又體貼的愛意包圍，終於觸動芳心，與他生死相依。然而，就算是小月為無忌生生死死，甚至懷了他的骨肉，九爺依然深情守護，無怨無悔。許多女性觀眾的浪漫夢想，在小月身上實現，當然是如癡如醉。

我看見的卻是一種嶄新的女性形象，並不溫良恭儉讓，也不是端莊多姿，而是大吃大嚼，胃口出奇的好。當我年輕的時候，和男孩子出門約會，總是會被叮嚀，別吃得太多，嚇著人家。女生約會吃飯時的標準台詞是：「我不餓」、「吃不下」，總要在男人面前扮小鳥，回家再卯起來狠吃。小月卻是在男人面前像個無底洞似的吃個不停，無精打采的時候，聽見去餐館吃美食，雙眼炯炯發亮；半夜裡睡不著，只想著吃餃子。而她的男人無忌大將軍可不會說出「妳整天在家吃了睡，睡了吃，養豬啊？」這種話，反而捧著她的臉，深情款款的說：「看妳吃得氣色多好？」吃貨，不再需要隱藏，終於成為美感了。

致我們終將離別的情人

「我們都愛自己，勝過愛愛情。」所以，在追尋愛情的道路上，注定是要失敗的？

趙薇導演的第一部電影《致我們終將逝去的青春》，就用了幾種類型的愛，向青春告別。有人為了出國圓人生的夢，毅然斬斷愛情；有人為了更富裕的生活條件，早就丟擲了愛情；有人為了愛情的圓滿，願意默默忍受犧牲；有人情願安靜的守護著自己愛的人，像緊守著不能說的祕密……到了影片最後，導演歸結出的愛的真諦是：「為愛以死相拚，片甲不留的，才是值得愛的愛情。」乍看之下確實有

些心動，然而事實的真相卻是：「動不動就以死威脅，把你綁在身邊的人，就是真愛。」

我有種一記悶雷響在耳邊的感覺，「以死相拚」才是「值得愛」的愛情？如果玉石俱焚的愛才是愛，那相處和諧的愛是什麼？放手成全的愛又是什麼？

很多人以為要愛上一個人，是不容易的，其實更不容易的，是與相愛的人相處，仍能時時保持愛意。那需要多少的妥協與理解呀，把兩個截然不同的人，放進了同樣的生活框框裡。一定是因為愛，我們選擇了不離開；一定是因為愛，我們願意理解那些任性和乖張；一定是因為愛，我們把自己的心放在彼此的手上，不懼怕它冷了、硬了、摔碎了。

也是因為愛，我們學著退讓，學著保護自己和對方，不受一切傷害。

哪怕我們愛的人，我們的愛情，乃至於我們的世界，都不是我們想像的樣子，我們還是懷抱著希望，期待未來能有些改變。但我們總是不忍心做出傷害自己或傷害他人的事。

因此，為了向愛人證明「我最愛你」或是「沒有你我活不了」就自殺的手段，是威脅，是以愛為名的暴力，稱不上愛。假若對方在這樣的威脅下，繼續維持著冷漠而怨懟的關係，就不只是愛情的死亡，根本是兩個人的精神毀壞。精神毀壞的人，得不到快樂，也得不到幸福。

致我們終將離別的戀人：為愛以死相拚，片甲不留，看起來很悲壯，但愛情不是戰場，不必這樣慘烈的犧牲。當事人或許顧影自憐，可是那不是愛。

PART 3

愛情 .com

愛上一個人,
是種衝動, 也是本能。
然而, 愛的道路一旦踏上,
探索自己的旅途也就展開了。

一、愛的回聲

純粹的愛慕，竟然可以得到回應，
這時的我們既脆弱又飽滿，
彷彿生於天地之間，無盡的等待，
為的就是這個時刻。

就這樣的愛自己

我一直記得我的學生巧麗，因為，她在念大學的時候，談到人生目標與規畫，就把「結婚、生孩子」視為最重要的追求。我記得那天當她在同學面前說出這個願望，有幾個女生立刻提出異議：「都什麼時代了，女人不必畫地自限，可以做的事很多，為什麼只能結婚、生小孩？」

巧麗顯得有些錯愕：「我從小就這麼希望的啊，有什麼不對嗎？」最後我只得出面打圓場，對大家說：「每個人的人生想要尋找的都不一樣，重要的是知道自己真正想要的，並且實現它，那就好了。」

她們畢業幾年之後，那幾個質疑巧麗的女生，都有了男友和穩定的情感關係，有兩個甚至結婚，生了小孩。反而是巧麗一直沒能找到另一半，雖然她也去參加了聯誼，也拓展了生活圈，卻始終沒能遇見令她心動的男人。有一次，在某個同學的喜宴上，我們坐在一起，巧麗問我：「也許我應該去隆個鼻，讓五官更明顯一點？」

「讓五官更明顯是為了……」我問。

「比較容易被看到啊。」她笑嘻嘻的回答。

巧麗的鼻子不夠高挺，但與她的五官相襯，我知道她在感情路上時常落空，不免對自己的容貌失去信心。

「先喜歡自己，別人就會喜歡妳啦。」我誠心誠意對她說。

「其實很難的。沒人愛著妳的時候，很難愛自己。」巧麗如此回覆我。

剎那之間，我說不出話來，因為她說的是事實。

他人的愛，最容易修復我們生命的創傷，能夠激發我們的信心與進取，讓我們對自己有更多美好的想像，進而將這樣的想像變為事實。被愛著的時候，我們比較勇敢，顧盼之間也多了許多神采與美麗。被愛使我們增添了愛的能量，覺得自己像是滿溢的容器，可以去愛更多人，給他人慷慨的鼓勵與讚美。

然而，他人的愛還沒有出現之前，除了愛自己，我們還能做些什麼呢？如果我們不愛自己，又怎麼能散發出愛的能量呢？情感上的極度匱乏像個黑洞，令人想要遠離。

「還是要先愛自己啊。」我對巧麗說：「妳希望別人怎麼愛妳，就先這樣愛自己吧。」

80分小姐生存之道

在學校裡如果有一個很難的科目，找不到考古題；也沒有作弊的可能；及格率不太高，若被當掉無法重修，在這樣的情況下，能得到80分，是不是就該慶幸了？這個科目如果叫做「人生」，能得到80分是否已經很滿足？

近期某週刊有這樣一篇報導，歸納出最難嫁掉的女生典型：「長相不差，條件不錯，人好相處」，人生各方面都屬中上的「80分女生」，成為所謂敗犬的機率是最高的。

而我環顧周遭三十、四十歲的女性朋友，她們大多是討人喜歡的女生，有獨立自主的經濟條件，單身的比率確實是挺高的。

據我的了解，她們並不是抱定獨身主義的，也不排斥結識異性，甚至懷抱著走進婚姻的夢想，但是，終究還是單身，80分女生到底怎麼了？

週刊上分析指出，這些80分女生應該找到「市場策略」，讓自己的競爭力優勢些，我相信起碼有百分之六十以上的80分女生，對這種說法很反感。她們從不認為愛情或婚姻是一個市場，更無法忍受自己成為市場上的貨物，她們要尋找的是真愛，是那種怦然心動的戀愛，人生必定要有一次的熊熊燃燒。

她們早就準備好了，從閱讀、藝文活動、旅行、進修心靈的課程，都在打造豐富的生活與優雅的品味。可惜的是，應該引燃她們的對象，所需求的是「顧家、愛小孩、煮飯很好吃、溫柔乖巧、聽話、讓我可以很自在放鬆……」這樣的女性，那些忙於事業衝刺的男人，對於生活品味這樣的事，並沒有太大的要求。

當我年輕時，一位大姐問我到底要尋找什麼樣的伴？我說，希望兩人生活能比單身更好。

大姐說：「太難啦！妳現在已經生活得這麼好。」那些80分女生或許也像當年的我，心中想著：「如果有了伴不能更好，何不維持現狀？」

80分女生是聰明的女生，當然可以裝得軟弱些、乖巧些，令男人更有安全感，偏偏這些女生不願意偽裝，「偽裝自己去獲得一種不見得更好的生活」，讓80分的自己變成70分，甚至是59分，是80分女生不想做的事。

圖書館的借書卡

為了重讀經典，我由學校圖書館借了幾本舊書回來，在充滿氣味與時光留痕的閱讀中，原本一切很順利的，直到無意間我發現了插在書封底的那張借書卡。上面記載著許多年代與姓名，已經漸漸消失的，一本書的流通歷史，一本書的生命紀錄。

我的閱讀計劃不可避免的延宕了，我無法移開自己的目光，注視著民國七十年時，借過這本書的那個叫雅婷的女孩，從容不迫的寫下自己的名字；民國七十一年時，略顯潦草的寫下自己名字的那個叫正興的男孩，現在已經是個父親了吧？借書卡真是很奇妙的東西啊。

我記得以前有個同學茜茜，愛上了一個學長，但是她當然不敢表露情感，於是成了一個祕密的單戀者。她那時恰好在圖書館借書櫃台打工，學長是個很愛閱讀的人，因此他們常有機會在圖書館碰到面，也因此她都能知道學長

閱讀了哪些書。她將學長看完之後還回來的每本書，封底的借書卡抽出來，填上自己的名字，再放回架上。

「妳又不看，幹嘛寫上自己的名字？」我覺得很奇怪，茜茜眼神迷濛的說：「妳不懂啦，這樣我的名字就跟他的名字排在一起啦，妳不覺得這樣很浪漫嗎？」

年少時的我活在自己的世界，一不小心就說出真心話：「我覺得很變態。」

後來有一天，學長還書時，看著她的名牌問：「妳是茜茜嗎？《未央歌》好看嗎？」茜茜沒想到學長會看見書卡上她的簽名，也不知道學長怎麼會看見？只好胡亂回答：「喔，我沒看完。」

從那以後，她不只在學長歸還的書卡上簽名，還把書帶回家去看。奇妙的是，後來學長交了女朋友，兩人常一起去圖書館看書，有時還好意的跟茜茜打招呼，但是茜茜一點也沒有受傷的感覺，因為她愛上了閱讀。

茜茜後來做的都是與文化推廣有關的工作，我猜想與她當年愛上閱讀有很大的關係，但她再也沒有提起過那個學長。是不是因為閱讀，使她發現了更浩大的、更有吸引力的世界？但我依然記得，這一切是從炙熱的愛戀開始的。

三明治的明志

我的學生鴻文當完兵之後，經過激烈競爭，終於考進一所私立中學當代課老師。他是個很認真的老師，為了把教學工作做好，常跑回母校取經，比當初念大學的時候還要努力。也因為他常常回學校來，我們漸漸熟悉了。有一次，他帶一位女同事一起來，女同事宣稱是我的粉絲，捧來一堆書找我簽名。書很重，鴻文幫女同事背著，小說、散文、共有二十幾本。

「老師！她的書比我收藏的還多耶，真的是妳的粉絲。」鴻文顯得很高興，我微笑著向女同事道謝，翻開扉頁簽名的時候，卻有些起疑。這二十幾本書，分明是新買的，連翻閱的摺痕都沒有，這說明了一件事，我不是重點，鴻文才是。

下一次鴻文來找我，我便開門見山的問他，那位女同事很喜歡他吧？鴻文只說學校的老師都很好，大家都是年輕人，相處起來很自在，又說那位女同事很貼心，都會幫他準備午餐。

「幫大家準備？還是幫你一個人準備？」我問了關鍵問題，他想了想，笑了：「是幫我一個人準備的啦。其實，我應該請她不要那麼麻煩的，反正我也沒有那麼愛吃便當。」

再下一次，鴻文主動對我提起那位女同事：「老師。妳知道，真的很感人。我跟她說我不愛吃便當，因為太油了，請她不用麻煩。她竟然每天做三明治給我吃耶。我覺得這樣的女生真的是……」看他語塞了，我幫他說出：「超體貼。」鴻文靦腆的笑了起來。

後來我才知道，在陰盛陽衰的學校裡，鴻文是很受歡迎的，那位女同事原本並不是鴻文喜歡的典型，但是，她一直努力讓鴻文注意她，終於在三明治事件中，表明心志。

用自製三明治明志，是一個女人爭取愛情的致勝術。

一點也不愛他

敏珮的人生曲折得像一部小說，在她二十歲那年，她爸爸作主讓她和合夥人的兒子訂婚了，那個兒子是留美的，據說小時候兩個人扮家家酒，那個男生就很喜歡她了。但是長大以後，敏珮一點也不喜歡他，那個叫做育成的男生，在我們眼中就只是個一廂情願的癡心人。

敏珮參加社團、舞會、團康、戀愛，生活過得多采多姿，後來真的刻骨銘心的戀愛了。為了那個學長，她和家裡大吵大鬧，飯也不吃，覺也不睡，非解除婚約不可。那段時間真是烏煙瘴氣，連我們這些旁觀者都覺得壓力太大，很怕她真的出事。後來是育成同意了，婚約解除，敏珮獲得最後的勝利。

那時我已經覺得這故事寫出來夠轟轟烈烈的了，沒想到她的人生竟是如此高潮迭起，一波未平一波又起。

敏珮的父親因為外遇問題捲款潛逃，留下一大筆債務，育成的父親是受害者，帶著育成三番兩次去找她們母女討債，說出許多難聽的話。敏珮的媽媽

叫她快些跟學長結婚，然後跟學長一起出國，就不用理會這些事了。

敏珮和學長談結婚的事，才發現原來自己一直是第三者，她所以為的無比真摯熱烈的愛情，只是一場騙局。

一個多月之後，我們收到她的喜帖，她決定嫁給育成。

「這樣就不會有更糟的事了吧？反正我一點也不愛他。」我記得她那時是這樣說的，說的時候很平靜，面無表情。

敏珮和育成生了兩個孩子，被朋友取笑：「不是一點也不愛他？」

「一點也不愛他，也要做點工商服務吧？」敏珮變得善於自嘲了，也容易發笑了。我默默看在眼裡，覺得這不會是無意義的。

二十年後，我的感覺被證實了。

育成因為疲累過度，心肌梗塞陷入昏迷，敏珮幾乎崩潰，我從沒見過她那麼失控與慌亂，拉著醫生一直痛哭哀求，看見我們也是哭個不停：「如果他好不了，我也不活了。」反反覆覆，只說著這兩句話，還好育成在急救之後甦醒了，敏珮寸步不離在病床邊照料。

我知道，雖然她曾說過「一點也不愛他」，如今，卻是「愛他不只一點」了。

握住了她的手

在「小三」這個約定俗成的名稱還沒出現時，我就知道若琦是「小三」了。她雖然才是個大學生，卻比一般同齡的女孩沉穩又成熟。她念高中時就開始打工，並且選擇了大學夜間部，一邊拿學位，一邊也把生活顧好。有一次，夜間部放學了，我捧著許多書籍和學生作業走出研究大樓，準備攔計程車，若琦駕駛著一輛跑車到我面前停下來：「老師！上車吧。」

在車上，她突然對我說：「這是我男朋友的車，他去加拿大看老婆孩子。」我點點頭沒有說話，就在那一刻，我成了她願意信賴的人。

若琦並不覺得自己的感情生活有什麼不妥，她和男友認識時，男友的妻子已經陪伴孩子在加拿大讀書一年半了。

「他看起來真的好寂寞，而我本來就喜歡這種類型的男人。他的老婆在加拿大陪小孩，我在這裡陪伴他，不是天作之合？」

男友給若琦租了一間二十幾坪的小公寓，她可以在屋頂種花，可以在廚房烹煮美食，他們還養了一隻玩具貴賓，一切看起來都很理想。

直到幾年後的某一天，男友的孩子不再需要媽媽的陪伴，正牌老婆要回來和老公團聚了。若琦和男友談過幾次要分手，卻不是那麼容易了斷。有一天，在一個宴會場合，若琦看見男友牽著妻子的手出現，她覺得自己僅剩的一根弦終於斷裂了。

「我們在一起那麼久，他從沒有在公開場合牽過我的手，原本我也不覺得有什麼重要，那一刻，卻突然覺得委屈得要命。」

若琦結束了這段感情，自己開公司，也認識了幾個跑業務的年輕人，大家都「琦姐、琦姐」的叫她，偏偏那個叫Sam的從不叫她姐，總是用男人看女人的那種眼光看她。

「我大你八歲啊！」有一次喝多了酒，她半逗趣半認真的對Sam說。

「那又怎麼樣呢？」Sam笑嘻嘻的，眼裡卻閃著火燄。

他們後來談起了戀愛，Sam很喜歡把她介紹給朋友認識，每當若琦見到Sam的朋友，Sam總是溫柔而執著的握住她的手，想讓全世界知道，她是他最

珍貴的摯愛。

握住彼此的手，是一種交託，也是一種認定，在愛情之中，原來，還是很重要的。

我一定等你

我的學生阿榮在三十歲以前，一直都覺得自己是隻狼或是飛鷹，「我反正就是很動物性，沒什麼人性。」他有時也會這樣自嘲，一副無所謂的樣子。

或許因為他看起來總是無所謂，女人緣雖然不錯，戀愛卻不太長久。跟他比較接近的女生跟我說：「阿榮這個人其實挺不錯的，可是不知道為什麼，感覺好像不太可靠。」

後來我仔細觀察，發現了他的「飄忽」特性。比方大家約好一起吃火鍋，他永遠都說：「不用等我喔，你們先吃。」於是，大家吃得七零八落時，他才趕到，風捲殘雲的收拾殘局。事實上，大家都知道他並沒有那麼多忙碌的事。

「我們家很自由的，坐下就吃，吃完就走，誰也不管誰。」有一回聊天時，他說了這樣的話，幾個女生都很驚訝，我忽然明瞭他的那句「不用等我喔」，是從何而來。反正也沒有人會等，那就不用等了，他是這樣想的吧。

阿榮三十歲時，調到香港工作，認識了一個叫玫瑰的女人，玫瑰請他到家裡吃飯，雖然家裡的空間那麼小，開飯的時間那麼晚，全家人卻一定要到齊了才吃飯。邊吃邊聊，分享著這一天的生活與遭遇，吃完的也不下桌，繼續陪坐。這一切都讓阿榮覺得很驚訝，也有一種異樣的溫暖和睦，是他沒有感受過的。

玫瑰與阿榮墜入情網，並隨著他一起回到台灣，賃屋同居。阿榮出門時，玫瑰送到門邊，含笑問他：「我今晚煲湯喔，回來吃飯嗎？」

就像往常一樣，阿榮順口說出那句：「不用等我，妳先吃。」

「我不吃，我一定等你。」玫瑰心平氣和而篤定的對他說。

阿榮走下三層樓梯，他的心經歷了一種神奇的洗禮。他明白了自己並不是不想被等待，而是怕沒人願意等他，因此，一次又一次的催眠自己，「不用等我」、「不用等我」，直到這一天，愛他的女人對他說，「我一定等你」。

好像一句咒語，把孤獨的詛咒打破了，他獲得了等待與被等待的自由。他的心漲得滿滿的，滿得想哭。

愛上自由人

Angela 和阿泰認真交往的消息傳來時，確實令我們這些朋友感到訝異。其實，他們的外型是很搭的，是那種會讓人忍不住多看一眼的情侶檔，但是，他們的性格相差真的不小。Angela 對情感的依賴很深，比較沒有安全感，她過去的情感關係，總在憂慮不安中擺盪。

「對方是真的愛我嗎？他不會也愛上別人嗎？他會愛我很久嗎？如果他愛我，但他的家人不喜歡我怎麼辦呢？」

至於阿泰，是個我行我素的男人，他覺得自由是最珍貴的價值，任何情況之下，都不該被剝奪。他無法忍受亦步亦趨的戀情，他覺得在愛情裡，每個人都該保有自己的時間、隱私和獨立。因此，他常常令愛他的女人傷心。

Angela 和阿泰認識了好幾年，對彼此感覺都不錯，但稱不上來電。他們曾經打了個賭，輸的人請一場電影。Angela 賭輸了，卻發現找不到他們倆都想看的電影。阿泰提議：「那我們看自己想看的電影，妳來買票。如何？」

Angela愣住沒有回答。

「妳輸了已經夠可憐，還要看不喜歡的電影？我是贏家，當然要看自己喜歡的電影。對吧？」

Angela想了想，覺得很有道理。看完電影，他們去吃了兩個人都喜歡的美式餐廳，聊得很愉快，就這樣開始了。

他們都喜歡運動，但不見得喜歡同樣的運動，於是，Angela打網球的時候，阿泰就去騎單車，他們也約著一起游泳。沒有誰遷就誰的勉強或委屈，Angela剛開始覺得有些不安，漸漸的也習慣了。阿泰不邀請她去見家人，也不打算去見她的家人：

「不用讓他們介入我們的交往，除非我們打算結婚。」Angela有鬆一口氣的感覺。

「妳以前要求的暮暮朝朝和不安全感，都消失了嗎？」我覺得很驚訝。

Angela說：「我發現當我給阿泰更多的自由，我們一起相處的時間反而更融洽，也更專注。更重要的是，我自己的自由變多了，原來感覺這麼好。」

愛上一個自由人，治癒了對愛情的疑慮與不安全感；愛上一個自由人，發覺了自己原來也貪戀自由。愛上一個自由人，才知道愛情不必然以自由去換取，讓被愛情綑綁的人重獲自由，成為一個自由人。

為妳烤橘子

淑芬已經走過數不清多少條街了，她也不記得打過多少電話，重複問那一句：「你知道他在哪裡嗎？可以告訴我嗎？」電話那一頭沒有她想要的答案，一條又一條長街找不到她要找的人。雨水毫不留情的打在她身上，雖然她打著傘，每一根雨絲，彷彿都能刺穿她的肌膚，疼痛感幾乎撕裂她。

她的手機響起，她接起來，聽見男人的聲音：「不要再找他了，妳在哪裡？我來找妳。」

「我要找他，我已經找了他兩天了，我不相信他說走就走，真的再也不回來了？你知道，他說過他愛的是我啊，不是那個莫名其妙的女人！」接著，她便歇斯底里的哭起來，哭到站不住，一寸一寸滑坐濕涼的台階上。許多男人的、女人的腳從她眼前經過，沒有一雙腳會為她停留，不會為她停留。

「跟我走吧。」手機裡的男人的聲音，在她耳邊響起，連拖帶拉的把她帶離大街上。那一刻，她其實鬆了一口氣，覺得自己不必再當無主的幽魂了，她已經好累好累了。

那男人叫阿魏，是她男友的好朋友，也許，並沒有那麼好，淑芬同時認識了男友和阿魏，她與男友在一起之後，阿魏就和他們疏遠了。

阿魏到底知不知道男友一直腳踩兩條船？淑芬木然的坐在阿魏的客廳裡，任憑他為她吹乾頭髮，除去鞋襪，他的床上鋪著暖墊，安置她睡下，她蜷著身子也就睡去了。

不知道睡了多久，在烤橘子的香氣中醒來，恍然以為回到小時候。小時候阿嬤在冬天裡會烤橘子給她吃，橘皮烤過之後，整個房子裡都是香氣。睜開眼，淑芬看見阿魏在烤橘子。她想起初相識時，她說過自己小時候愛吃烤橘子的事，兩、三年來，男友從沒放在心上。

「他離開了，我心裡想，今年冬天，可以為妳烤一個橘子了。」阿魏在小火爐前，輕聲的說。

淑芬覺得很多事都在火光裡清晰明白了，她和男友為了分手的事折騰了一年半，而阿魏對她的感情已經折磨他自己將近三年了。

橘子的香氣盈滿屋子，淑芬從暖暖的被子裡，伸出了手。

感動不是心動

小學堂夏令營的作文課，老師出了一個題目給國二的少年：「心動的時刻」，經過充分的引導之後，學生們振筆疾書，一篇篇作文很順利的完成了。可是老師們拿著作文在手，卻面面相覷，不知如何是好。這些十幾歲的少年，好多人竟然都把「心動」當成「感動」來寫了。於是，在他們的筆下，看見烈日炎炎卻有交通警察在指揮交通，令他們為之「心動」；為了幫自己集菇菇筆，父母每天都喝超商的咖啡，使他們非常「心動」。

甚至還有人引用歷史典故，說到三國時代為了請出諸葛亮，劉備三顧茅廬，不肯放棄，等到第

三次諸葛亮終於願意出山，那就是劉備「心動的時刻」，怎麼感覺有點像是ＢＬ的情節？

於是我們終於發覺，現在的少年已經分不清心動與感動了。

我在臉書上po了這個小事件，引起一些迴響，有人回應：「因為心動而交往，與因為感動而交往，差很多。」

我想，這是真的明白心動與感動的不同的。

我的一個朋友，對未來充滿浪漫想像的三十世代芳芳說：「何必那麼嚴苛啊？如果一個人不斷令妳感動，妳就會心動的吧？」

四十歲的朋友小羽卻說：「心動的感覺愈來愈難遇到，但是沒有心動的感覺，就沒有活著的感覺，真的很矛盾。」

已經結婚二十年的如茵，沒有說話。

芳芳問她：「如茵姐，妳會結婚是因為心動還是感動呀？」

如茵聳聳肩：「老實說，我很久沒有想這個問題了。當初，也許是因為心動才結婚的，但是兩個人愈來愈熟悉，很難有心動的感覺了。尤其，每天要處理的都是非常現實的問題，怎麼心動啊？」

「但是，總還有感動的時候吧？」我忍不住要追問了。

「當老公去大賣場之前，打開櫃子，看我需不需要添購衛生棉，嗯，還滿感動的。還有，上完廁所把坐墊放下來，讓我省點事；還有，他先回家會把我的拖鞋拿出來，也滿感動……」

她一口氣說了許多的感動，表情愈來愈幸福。感動不是心動，但想要共同生活，攜手往前走，卻是不可缺乏的必需品。

當妳不再有紀律

我的朋友愛珍在某天半夜傳Line給我，問我是否可以介紹醫生給她？我心裡一直記掛著這件事，午餐時約了愛珍小聚。這兩年愛珍進入更年期，失眠、潮熱、焦躁，一樣也不少，不知不覺的，一年之中胖了十公斤。

上一次我們幾個女人碰面，體型纖瘦的麗麗嘲笑愛珍：「妳不是一向很有紀律的嗎？怎麼連肥肉也管不好？」

若是以前，這樣的玩笑話一點殺傷力也沒有，沒想到這一次愛珍卻變了臉，一句話也不說，坐了一下就先離開了。

她後來傳Line給我們幾個人，數落麗麗落井下石，「等她到了更年期再嘲笑別人吧。」

自此她不肯再跟麗麗見面，並且決定去看中醫調養身體。「我不想再沒有紀律的胖下去了。」她是這麼說的。

我不知道她去看了醫生沒有，卻聽朋友說，愛珍與離婚的丈夫重逢，他們舊情復燃，很可能會再度結婚，這個消息讓我相當驚訝。愛珍和前夫是大學同學，他們結婚之後，丈夫的事業一直不是很順遂，愛珍卻扶搖直上，成了女強人。她在工作、家庭、兒女各方面都要求完美，結婚十幾年後卻和丈夫無話可說，關係降到冰點，兒女對她也有許多埋怨，「還好我的事業是最可靠的。」她離了婚，得出這樣的結論。

因為女兒在美國的寄宿家庭有點狀況，愛珍飛去處理，遇見了前夫。前夫有點詫異的看著變胖的愛珍；看著她失去了認路的方向感；看著她動不動汗流浹背的狼狽。他為她駕車，帶她去餐廳吃飯，陪她去買大尺寸的內衣和長褲，很有耐心。

「我超沒有紀律的，你看我胖成這樣。」愛珍自我解嘲的對前夫說。

「可是我覺得妳現在很可愛，就像我們剛剛談戀愛的時候一樣。」

經過前夫的提醒，愛珍才想到剛進大學時，她就是個胖胖的女孩，迷糊、沒自信，當然也沒有紀律。但那時候的她很愛笑，容易為小事感動，喜歡做些漫無目的的事。正是那些特質，讓愛珍充滿魅力。

男人愛上女人，不會因為她很瘦，更不會因為她有紀律。愛珍告訴了我，她恍然明白的這件事。

過敏的戀愛

葭葭是個編劇，多半在家裡工作，極地氣旋降臨的時候，我們互傳訊息，看見她寫著：「室內恆溫二十五度」，總是羨慕又嫉妒。然而，最近她家的暖氣機壞了，修也修不好，於是，朋友們便嘲笑她：「妳終於了解民間疾苦了。」葭葭說她的稿費還沒入帳之前，沒有買暖氣機的預算，但是，天一冷就犯過敏的她，實在被自己的噴嚏和眼睛癢搞得六神無主，只好窩進住家附近的一間咖啡館裡寫作。

咖啡館的溫度正好也是二十五度，咖啡館裡有著濃濃的咖啡香氣，更重要的是，咖啡館裡有個沉靜溫和的老闆，從來不趕客人。

那天，室外溫度只有十度，葭葭走進剛剛開門的咖啡館，把大衣脫下，還沒來得及除下圍巾，已經一個接一個的打起噴嚏來，她連忙用圍巾掩住口鼻。縮起身子，擔心吵到其他客人，老闆卻靜靜地在她面前放下一杯熱檸檬水，對她說：「趁熱喝了，舒服點。」

她被這個貼心的舉動嚇到了，忘記了打噴嚏。老闆回到櫃台後面，開始煮咖啡，彷彿什麼事都沒發生，但她隔著一段距離，望著老闆，突然百感交集。

她的上一次戀愛，也是從過敏觸發而生的。

那時候她還在上班，一到季節交替就過敏，常常戴著口罩。同事們一起開會時，她就一個接著一個噴嚏打不停，有個男同事給她一杯熱水，對她說：「握著杯子會暖和一點。」

她握住杯子，果然好多了。後來，她除下口罩，男同事笑著說：「原來妳長這樣？我們可以約會嗎？」他們成了一對戀人。

每次她過敏，都看見男友心疼的眼神，也總會有貼心的舉動。等他們同居之後，男友聽見她打噴嚏，不再送上熱水，而是問她：「怎麼不吃藥？」挑起眉，有幾分不耐。她明白，當一切變得尋常，也就只是這樣了。

葭葭注視著老闆，與老闆突然抬起的眼神交會，兩個人都有些心慌。

葭葭明白那心慌從何而來，她低頭假裝讀菜單，心中想的是：過敏是長久的，戀愛是短暫的。這一次，要讓戀愛像過敏一樣久久長長。

覺得地面在移動

我和一群學生聊到初戀的感覺，這些九〇以後的孩子，雖然不再認為初戀最驚心動魄，也不再認為一生一次戀愛最美，但是講起初戀，依舊覺得是生命裡非常獨特的經歷。

常常，初戀發生在還沒準備好的時機，遇見的是從沒預想過的對象。但那種突如其來的怦然心動，回憶起來總是美好的。

那個叫譽民的男生的初戀，卻是一段相當漫長的過程，他從小學四年級便喜歡班上一個女生小宛，但小宛跟班上同學都很友好，譽民想盡辦法試圖表現，卻只是徒勞。小學畢業之後，小宛跟隨父母親去上海居住，譽民的國中時期因此總有些輕憂鬱。

從高中到大學，每一年的小學同學會他都不缺席，只因為同學們話語之間偶然提到小宛，聽著她的名字，便獲得一點滿足。

大三那年，譽民得到消息，說是小宛已隨父母親回到台灣了，同學會前一個月，他都沒有踏實的睡過一天好覺。同學會那天，才走進聚餐地點，一眼便看見坐在角落裡的小宛，雖然她的模樣和小時候不太相同了，但譽民就是這麼明確的知道，這是他喜愛了好多年的女孩。她的側臉；她的微笑；她專注聆聽時閃亮亮的眼眸。

同學會結束後，譽民自告奮勇陪小宛去捷運站，心中充滿矛盾糾結，很想表現熱情，又擔心太過表露會讓小宛卻步。

「其實我記得你的。」小宛對譽民說：「我記得你常常幫我收作業，我還記得那時候你說你的志願是當獸醫，因為你最喜歡的狗狗突然生病過世了。」

小宛說這些話的時候，譽民覺得自己離開了地球表面，在一種真空而又迷幻的空間裡飄浮。

「我可以跟妳連絡嗎？」臨別時，他這樣問。小宛給了他手機號碼，那一刻，譽民清楚的感覺到腳下的地殼「喀拉」，轉動了一下。

聽他的初戀經歷，我想到海明威說的：「愛你時，感覺地面都在移動。」純粹的愛慕，竟然可以得到回應，這時的我們既脆弱又飽滿，彷彿生於天地之間，無盡的等待，為的就是這個時刻。

二、愛的背影

兩個人相愛是為了幸福，並不是不幸。
如果愛情無以為繼，也該好好說再見，
而不是做出傷害自己和對方的事，
那樣的作為，根本褻瀆了愛。

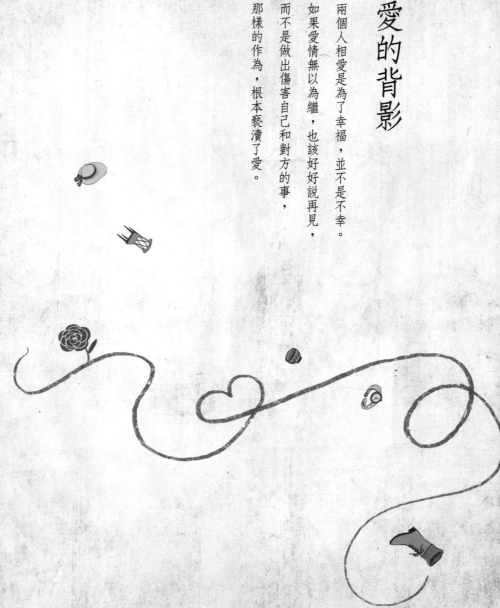

永難忘懷的愧疚

童年時總是用著崇拜的眼光，看著村子裡那些大哥哥，尤其他們的手臂吊兒郎當的掛在美麗女生的肩上，回到村子裡的時刻。那些女生多半穿著緊身低胸的上衣，配一條當年最流行的寬喇叭褲，再踩一雙厚底船形鞋，十分婀娜多姿。

其中我最喜歡的是大鴻哥，因為他的女朋友不管長髮、短髮、直髮、捲髮，長褲還是迷你裙，總是那一個。我們都叫那個女生蓓蓓姐，蓓蓓姐有時會帶一盒小點心給我們這些站在院子裡的小毛頭享用。有些情竇初開的男生會圍在她身邊說：「蓓蓓姐！妳好漂亮喔。」

蓓蓓姐一律點點頭，微笑著說：「我知道呀。」

使那些男生看起來好呆，把我們這些小女生逗得大笑。大鴻哥後來被退學，就去跑船了，幾年後帶著妻小回來，妻子是個日本女人，兩個孩子都不會說中文。然後，我們搬離了村子。

最近在臉書上重逢，大鴻哥已經離婚又結婚了，妻子比他小二十幾歲，站在髮量少而肚腩凸的大鴻哥身邊，很像一對父女。我故意嘲笑他，他一點也不以為意。在網路上聊著聊著，他突然問我：「找一天見見面吧？也找蓓蓓？她也問起妳呢。」

於是，我終於問起他和蓓蓓姐的事。當年大鴻哥去跑船，覺得自己的世界很不同了，吃喝嫖賭，醉生夢死，欠了許多債，一心想和蓓蓓分手。蓓蓓甚至想辦法到國外去找他，他都避不見面。「那時候真的是鬼迷心竅。」他是這麼說的。

我們三個人見面那天，才知道蓓

蓓姐也離婚了，帶著一個兒子過生活，她是兼職的房屋仲介。大鴻哥知道她的經濟狀況不太好，總是介紹生意給她，還幫她兒子找工作。蓓蓓姐在大鴻哥面前依然有著小女人的嬌態，大鴻哥注視著她也仍然是一雙情意瀲灩的眼睛。

見過面之後，我在臉書上對大鴻哥說：「初戀總是太美。」

他回覆：「不是初戀。是永難忘懷的愧疚。」

耳邊正好聽見王菲新歌：「我們要互相虧欠，要不然憑何懷緬；我們要互相虧欠，我們要藕斷絲連。」原來這也是一種難忘的愛戀。

在跨年前分手

筠筠和男友是在大學畢業前開始交往的，她後來常說，可能因為自己沒有談戀愛，眼看大學都要畢業了，有點心慌；而男友面臨將要當兵的改變，也很想抓住些什麼，他們於是就在一起了。

我問過她：「應該不是那麼隨興的吧？他總有些地方吸引妳，才會在一起啊。」

筠筠想了想，才認真的回答：「應該是一種沉穩篤定的感覺吧。」

筠筠小時候就知道父母親感情不太好，她總擔心離婚的變故突然而來，她的家就毀壞了。等到長大一些她又希望父母親乾脆離婚算了，彼此怨懟的生活在一起，其實也算不得一個家。

男友的家庭是很和諧的，雖然不是很親密的黏在一起，相處時卻輕輕鬆鬆，男友總是心平氣和的樣子，帶著點慵懶的氣質。

然而，他們的感情生活也並不是一帆風順的，當男友當兵回來，找到工作，

筠筠也有穩定生活，便想和男友一起住，她到處看房子，男友說自己沒意見，她決定就好，但每到最後關頭，男友便會問：「這裡合適嗎？妳真的喜歡嗎？」

最後是筠筠直逼核心的問他：「你並不想跟我一起住，對嗎？」男友說他知道筠筠想要自己的家，但他還沒準備好。

當時筠筠失望又受傷，覺得這個男人並沒有與她長相廝守的意思，決定跟他分手。分手之後，筠筠租屋遭竊，又遇見一些麻煩事，男友自告奮勇幫她搬家，打理許多事，於是他們又復合。復合之後，他們的關係似乎更像是固定見面的好友，而不是情人，只是彼此依賴慣了，也不太想改變，就又過了好幾年。

「到了二〇一五年，我就二十九歲了。」年底時，筠筠突然有了覺悟，她想要找個人好好的愛一場，她想要和一個愛戀的人擁有一個家。

就在跨年那一夜，等待著璀璨絢麗的煙火，在擁擠人群中，她看著身邊不冷不熱的男友，突然就說了：「我們還是分手吧。」

男友有些驚訝的看著她，沒有說話。筠筠覺得輕鬆下來了，她知道自己對愛情這件事還是有期待的，並不只是找個人作伴而已，她認識到自己對愛的渴盼原來還很強烈，因為這樣的覺知，感到了人生的美好。

一種故事兩樣情

凱敬和緣緣都是我的學生，念大學時，常為了社團的事雙雙出現在我的研究室，別的老師見到了都會問：「他們是一對喔？」

我也問過緣緣這個問題，緣緣說：「他是風流貴公子，戀愛談不完。我可受不了他。」

話雖如此，明眼人都看得出來，他們之間彌漫著一種親膩而又和諧的情意。那時候流行「友達以上，戀人未滿。」這句話，我用這句話回覆其他老師的好奇詢問。

然而，他們已經畢業了十幾年，都是三十好幾的前中年期了，在感情上依然沒有安定下來。凱敬的戀愛一樁接一樁，有一次差不多要訂婚了，挑戒指的時候，他想到今後的人生就是這樣了。突然喉頭緊縮，無法呼吸，差點窒息。

總是與婚姻擦身而過的凱敬與自稱愛情手氣不佳的緣緣，各自在職場中拚搏，當凱敬熱戀時他們的距離就遠一點；當綠綠心情低落時他們的距離又近一些，都宣稱對方是自己的「冤親債主」，聽在旁人耳中卻總透著點甜蜜。

某個颱風夜，加班之後的綠綠找凱敬出來吃宵夜，他們都喝了一些酒，綠綠趁著醉意問凱敬：「你說我是不是個讓男人毫無興趣的女人？你慾望那麼多女人，怎麼從來都不慾望我啊？」

凱敬說：「拜託，妳是我天荒地老的好哥兒們耶，我再禽獸也不會對妳下手呀。」

「如果我說，今天我就要跟你回家，睡覺。明天醒來，把一切忘掉。你怎麼說？」

凱敬想了想，認真的回答：「我不會做任何事毀壞我們的情感，我對妳的珍惜，超過了我的慾望。」綠綠苦笑一聲，拿起酒杯：「乾杯！」酒還沒喝完，她的淚已流下。

這個故事是凱敬說給我聽的，他說那一夜他也想哭，為了自己的品格，為了成就這段浪漫的感情。

關於這件事，一向同我無話不談的綠綠，卻有不同版本：「那天真的又累又低落，真的很想抱住一個男人，共度春宵，只是一夜情就好。」聽完凱敬的話，她想到這一夜泡湯了，自己連個一夜情也得不到，忍不住的哭了。

原來，有時候男人才浪漫，女人比較現實。

你不愛吃的東西

當你進食時，遇見不愛吃的東西，會怎麼處理呢？因為我不愛吃的東西太少了，所以，沒思考過這個問題。我愛吃的東西倒是不少，如果吃到特別美味的東西，我當然不吝惜的與同桌的人分享，不管同桌的是朋友或是戀人。而我確實見過把不愛吃的東西都挑出來，一股腦的送進戀人碗中的行為，如果戀人面有難色，還會生氣的指責對方：「不吃掉的話很浪費耶！」

在愛情裡面，其實沒有合理不合理這件事，當然更不談公平不公平，只要施與受雙方都能接受，那就沒有問題了。可是，如果受的那一方終於受不了了呢？

我曾經參加過一場貴婦們的下午茶聚會，在那樣的聚會中，她們吃著最頂級的起司、烏魚子，喝著香檳與紅酒，交換著最新款的包包與鞋子的訊息，並且，也抒發著一些生活上的小抱怨。

那位曾經紅極一時的女主播，在試穿完其他貴婦的鞋子，並且請託即將前往巴黎的貴婦幫她買某個款式的包包之後，話題忽然轉到老公身上，她說她根本不在乎小三，如果老公有小三的話，她反而可以鬆一口氣了。

「我真的對他愈來愈不耐煩耶，那天我們吃飯的時候，他不但把他不吃的東西丟給我，連他媽媽不吃的東西也丟給我，我真的發飆了。」

「誰教妳那麼寵他？之前吃飯的時候，我看見他把不吃的東西給妳吃，就覺得這太離譜啦。」另一個貴婦對她說：「早就跟妳說過啦。」

主播貴婦嘆了一口氣：「幫他吃我也就認了，現在要幫他媽媽吃，幫他全家吃，我是廚餘機嗎？」講到廚餘機的時候，貴婦們都嘰哩咕嚕的笑起來，接著轉移了話題。

只有我這個永遠成不了貴婦的人，陷入了沉思。把你不愛吃的東西吃掉，這在戀愛之中，原本應該是一種體貼的心意吧。「施」的那一方，久而久之，成了理所當然；「受」的那一方，在濃情蜜意漸漸消退之後，感覺到的只有負擔與痛苦。

我從不把自己不愛的東西給戀人吃，因為我不想看見，某一天，戀人臉上閃現的為難與厭惡。

沒那麼傷心

當我年輕的時候，如果朋友之中有一個失戀了，就得當成緊急事件來處理。失戀的人懷憂喪志，不是生病便是啼哭；不是失眠就是食慾不振，有些特別嚴重的，還得幾個朋友輪流守護著，深怕一時想不開發生不測。這種狀況都得經過一段相當時間，才從紅色警戒變為綠色正常。

我記得大學時一位好友失戀了，她上著課突然掩面哭泣，奪門而出，我連忙從課堂上溜出來，陪著她在教室大樓的陰暗處，哭了整整兩堂課。那是冷氣團報到的冬日，我冷得直打哆嗦，而她也哭得抖瑟不已。那天過後，我病了，鼻涕咳嗽，整整一個月，沒完沒了。

那個年代，談戀愛是好大的事，失戀更是好傷心的事。

我的朋友在高中教書，她發覺現在的學生談起戀愛來好像輕鬆多了，曾經有一次在辦公室裡，班上一個男生和女生不知為了什麼打賭，輸的人每天要

為對方帶早餐，男生輸了，笑笑的說：「每天為妳帶早餐，這麼麻煩，我看妳乾脆當我女朋友算了。」

老師正想跟男生說，這種事可不能亂講的呀，沒想到女生立刻回答：「可以啊。」

兩個學生把老師唬得一愣一愣的。她眼見這對打賭情人兩個禮拜之後「分手」，又能毫無忌憚的繼續彼此嘲弄，不免感到納罕：「你們，不算是談戀愛了吧？」

「怎麼不算？」男生回答：「我們都在一起兩個禮拜了耶，算是很認真了喔。」

原來兩個禮拜已經很認真了。

另一個朋友也是老師，她的男學生愁眉苦臉的向她傾訴：「老師我失戀了啦，我超慘的，痛苦死了。」這學生平常幫著老師做了不少事，老師於是製作小卡片，想要安慰男生，她才找到一些名言佳句，還沒謄抄好，便看見男生牽著另一個女生的手，春風滿面在站牌下等公車。卡片放在抽屜裡，無用武之地了。

「看見他們戀愛都這麼無傷，我們是不是應該覺得放心呀？」雖然是該放心，卻又有著淡淡的惆悵，怪不得現在的孩子寫不好作文，連失戀了都沒那麼傷心，對生活的體會就更淡薄無感了。

已讀不回的病毒

工讀生小敏這幾天的情緒都很低落，當我們討論要去哪裡吃午餐，她一邊檢視著手機一邊說：「我不餓。」

當我們熱切的討論晚上下班要看哪部電影，她的眼睛終於從手機屏幕抬起來，渙散的望著我們：「我沒有心情。」

這時候我們就知道，她的男友又進入了「已讀不回」的模式了。

小敏和男友在一起四個多月，對他的評價是：「一切都很好，就是『已讀不回』很煩耶。」小敏每天照三餐給男友傳WhatsApp，除此之外，一時興起也會傳，像是自己剛買了一雙長統襪啦；試用超濃密睫毛膏啦，等等。

前兩個月的熱戀期，男友已讀必回，如今卻怠懶了，已讀不回的次數愈來愈多。「也許他真的在忙呀。」

我們試圖勸她放輕鬆，她仍是緊繃的聲音：「他明明就『在線上』，不知道跟什麼人傳訊息呀。忙什麼鬼？」

我豁然明白，WhatsApp 的問題就是把人們的行蹤透露得太詳盡了。關係密切時，分分秒秒都想要黏在一起，時時刻刻WhatsApp，有來有往，一秒都不想耽擱。但是，這樣的緊密如同驟雨，終究是不可能長久的。當其中一個人想要放慢速度，便會立刻在訊息的回覆頻率中感覺出來。

沒有安全感的一方，甚至已經用WhatsApp 在監控對方的生活了，他是什麼時候下線的？他和別人傳訊息的時間有多長？這些訊息的掌握，對於兩人之間的情感有什麼好處呢？失落、緊繃、懷疑、焦慮……這些不都是情感的病毒？

「妳有沒有想過，沒有WhatsApp，甚至沒有手機的年代，我們是怎麼談戀愛的？」我問小敏。

「結繩紀事？」小敏果然反應敏捷。

我告訴她，沒有手機的年代，我們靠煲電話粥度過一個又一個相思的夜晚，一天只通一次電話，卻有談不完的話。沒有WhatsApp 的年代，我們手寫情書，向彼此傾訴情意。從寄出信的那一刻起，就默默的等待著回應。並不知道這封信能不能抵達戀人的手中？讀完信的那人會有怎樣的反應和心情？他會不會回信？也許飄洋過海的信箋，要等候半個多月的時間，但我們都能等。等待使一切變得悠長，使情感變得從容而淡定，使愛更貼近自己的心靈。

身體的沙漏

我的朋友貝絲很誇張的對我說：「妳一定不會相信發生了什麼事！」
「妳懷孕了？」我知道她為了懷孕已經奮鬥了十年。
「並不是！」她深吸一口氣：「是我妹懷孕了，而且她跟排骨分手了。」
「因為懷孕所以分手？」我確實感到驚訝。
「不是啦，他們先分手，後來我妹和別人在一起，懷孕了。」
「我以為他們會永遠在一起的。」我有點惆悵。
貝絲嘆了口氣：「我也是。」
貝絲的妹妹貝嘉從學生時代就和男友排骨相愛，排骨是搞社會運動的，一腔熱血，渾身激情，不管哪裡有運動都能看見他的身影。因為太熱衷運動，工作總是做不長久，貝嘉為了生活費得打好幾份工，但她甘之如飴，毫無怨言。
這樣的愛情帶給她的壓力真不小，她的父親重病在床，拉著她的手對她說：「妳答應爸爸，找個好好工作的男人吧，不然爸爸死不瞑目。」貝嘉只是哭，哭個不停，一直到父親過世都沒有答應。

貝絲介紹過幾個男人給妹妹，貝嘉為了不讓大家失望，乖乖跟他們吃飯，回家時順便拐進夜市買宵夜給排骨吃，她心裡就認定這個男人。我有一次偶遇貝嘉和排骨在冬夜街頭等公車，公車亭裡排骨溫柔的從背後環抱著貝嘉，彷彿天地之間只有她一個人，而他們已經在一起十幾年了。

那個情景很打動我，使我明白了貝嘉的心甘情願。

貝絲說他們沒聽說貝嘉和排骨分手的事，只是聽說排骨無意結婚，但貝嘉很想生孩子，她已經三十七歲，擔心生育的機會愈來愈低。

因為結婚的事鬧僵了，貝嘉去了日本打工換宿，結果認識了比她小幾歲的男人，同居兩個月就懷孕了，現在正準備補辦婚禮，免得肚子太大穿婚紗不好看。貝絲問貝嘉為什麼會有這樣的轉變，貝嘉說就好像身體裡有個沙漏那樣的催促著她，使她的人生轉向，局面再也不一樣了。

據說排骨仍是運動中的狂熱分子，並且懷著對世界的悲憤與怨懟，不明白這戀愛是怎麼結束的？因為女人身體裡的沙漏，男人看不見。

時候忽然到了

米琪一直習慣手洗貼身衣物，那一天，她在後陽台洗完自己的內衣褲，接著洗男友的內衣褲，用手揉搓著，忽然感到不耐煩。她覺得那條褲子的花色不好看，根本就很難看，到底是什麼時候買的？在哪裡買的？怎麼會挑這樣的花色？是誰幫他挑的？是哪一個女人？這會不會又是一段曖昧的情感？甚至根本就是隱瞞住她的一段姦情？

她揉搓著那條內褲，感到噁心、頭暈，她停下動作，撐著身子站了一會兒，然後，洗淨了手，走回房間，撥通了電話，對正在上班的男友說：「我們分手吧。」

米琪三個月後對我們敘述這段經歷，大家都聽得瞠目結舌，一時之間，做不出任何回應。

米琪和男友相識時，我們這些朋友都不太看好，因為那個男人的情史豐富，他和米琪戀愛時，據說前一段關係也沒有處理得很乾淨。但米琪的說法是：「其實他已經處理好了，是那個女人一直不肯放手，而他又太心

軟了。」很多關係需要的，也就只是言之成理的說法，米琪說服了她自己，我們當然沒什麼好說的了。

男友對米琪真的很體貼，接接送送，毫無怨言，前兩年確實是水乳交融的狀態，他們希望買了房子再結婚，因此過起同居生活。然而，男友換了工作之後，擔任採購，常需要出差和出國，又開始傳出一些曖昧的情事，甚至還有被米琪當場撞見的。這些事對米琪打擊很大，她陷入深深的低落中，去做心理諮商，也辦了留職停薪，但是，她並沒有和男友分手。因為她相信男友的說辭，也覺得真愛就是要面對許多挑戰，一次又一次，她努力說服自己。

「想到要離開他，我就痛苦到快要死掉了，我沒辦法和他分手。」那時候，她是這樣回答我們的關心的。

連她自己也沒想到，幾個月之後，某個洗衣服的早晨，突然之間，再也無法忍受和這樣的人繼續相處下去了，一邊說著愛，一邊止不住的出軌，這根本就不是她想要的人生。

「也許，妳早就想要離開他了。」我說。

「也許吧。只是那一天，時候忽然到了。」米琪心平氣和的說。

絕美的背影

我的朋友嘉嘉上研習課的時候，老師用大雄和小叮噹出了一個「兩難」的題目給學員們，那是在故事結局時，小叮噹沒電了，一動也不動，變成了植物人。大雄有兩個選擇，一個是幫小叮噹換電池，但他醒來之後就會忘記一切，連大雄與他們之間的情誼都忘掉了。另一個選擇就是維持現狀，等待未來的某一天，新的科技或許可以解決這個問題。

嘉嘉選擇了幫小叮噹換電池，老師的結論是：「選擇換電池的人，是對小叮噹沒有深刻感情的人。」

嘉嘉對我說了這件事，她說：「我不在乎小叮噹記不記得我，只希望他能好好的活下去。所以，我是個無情的人囉？」

我對這個老師的推斷和結論覺得很詫異，在「擁有」和「放手」之間，就能片面的判斷情感是否深刻嗎？

我後來常用這個題目問身邊的學生和朋友，大家幾乎都選了「換電池」，哪怕是遲疑了很久。

我的另一個朋友豆豆和情人已經相戀十年了，他們真可稱為水乳交融，許多想法和價值觀都很接近，愛情裡的沉悶和怠惰彷彿不會出現在他們之間。

我也問了豆豆同樣的問題，當時我們正在吃握壽司，她塞了一個進嘴裡，含糊的回答了什麼，我聽不清，便再問一次：「維持現狀？換電池？」

「換電池。」豆豆一邊說，一邊抬起頭，我看見豆大的淚珠從她臉上滑落，她哽咽地說：「如果愛他，怎麼能忍受維持現狀呢？」

只是想一想便忍不住落淚的決定，當然是極其痛苦的，但，為了深深的愛，為了愛的人可以幸福，還是做了這最艱難的決定。

這樣的愛，不夠深刻？這樣的人，叫做無情？

有個大陸女畫家養了一匹小狼，情感深厚。她生病時狼還為她帶來自己的存糧，然而，當狼長大之後，女畫家必須將狼放回原野，讓狼擁有真正的天賦與生活。

狼不願離開，幾度欲走還留，女畫家決絕轉身，頭也不回的離開了。

愛不只是擁有，也是放手。捨棄狼，背轉身的女人，在草原上留下絕美的身影。

愛的本意

我的學生肇凱給我寫了一封長長的信，從重慶寄來的，先寄到了學校，但我已經離職，於是，幾番輾轉，當我拆開信的時候，距離他發出的日期，已經相隔一個多月了。我對於三十歲世代竟然還親手寫信，感到相當詫異。

肇凱說，他是從談戀愛開始練習寫信的，以前在我的課堂上，一個月寫一次作文都顯得不耐煩，想不到提筆寫信給自己心愛的人，卻是這樣滔滔不絕，欲罷不能。他和女友已經相戀三年多了，他們為了節省開銷，也為了體驗共同生活的甜蜜，於是賃屋同居。去年，因為工作需求，他得去重慶半年以上的時間，原以為女友會不願意，想不到女友很支持他，於是，他們分隔兩地，繼續情書歲月。

肇凱的工作不太方便休長假，但女友的工作時間自由度高，肇凱無法回台灣，希望女友去大陸看他，女友撒嬌的說自己不適應那裡的天氣和食物，一直沒有過去。肇凱的工作很順手，所得也高得多，但因為思念女友，決定還是束裝返台。當他告訴女友這個決定，女友卻提出分手，並且立即搬出了他們的愛巢。

肇凱馬上飛回台灣試圖挽回，才發現女友身邊似乎已經有伴了。他黯然離開台灣，決定無限期的延長大陸的工作。在輾轉幾夜難以入眠之後，他寫下這封信給我，敘述了他和女友的故事，也訴說了他的痛苦與煎熬。

我回覆他的信是這樣寫的：「每段愛情裡，都有許多當事人也說不明白的枝節，我對愛情的信念是：『愛得到就深深去愛，愛不到就放手祝福』，這才是愛的本意。」

到了九月，肇凱的信來了，他說女友結婚了，他不想揣測這段新感情到底是何時開始的？他也不想思考為何女友不選他而選了別人？他只問自己是否在這段感情裡真摯付出？是否獲得許多快樂？是否曾讓所愛的人幸福？

「我愛她，是因為要幸福，不是要不幸的。如果我不能給她幸福，別人能夠給她幸福，那麼，我當然應該忍痛祝福。這才是愛的本意。對吧？」

是的，這就是愛的本意，兩個人相愛是為了幸福，並不是不幸。如果愛情無以為繼，也該好好說再見，而不是做出傷害自己和對方的事，那樣的作為，根本褻瀆了愛。

我相信肇凱瞭解了愛的本意，一定也可以獲得幸福的。

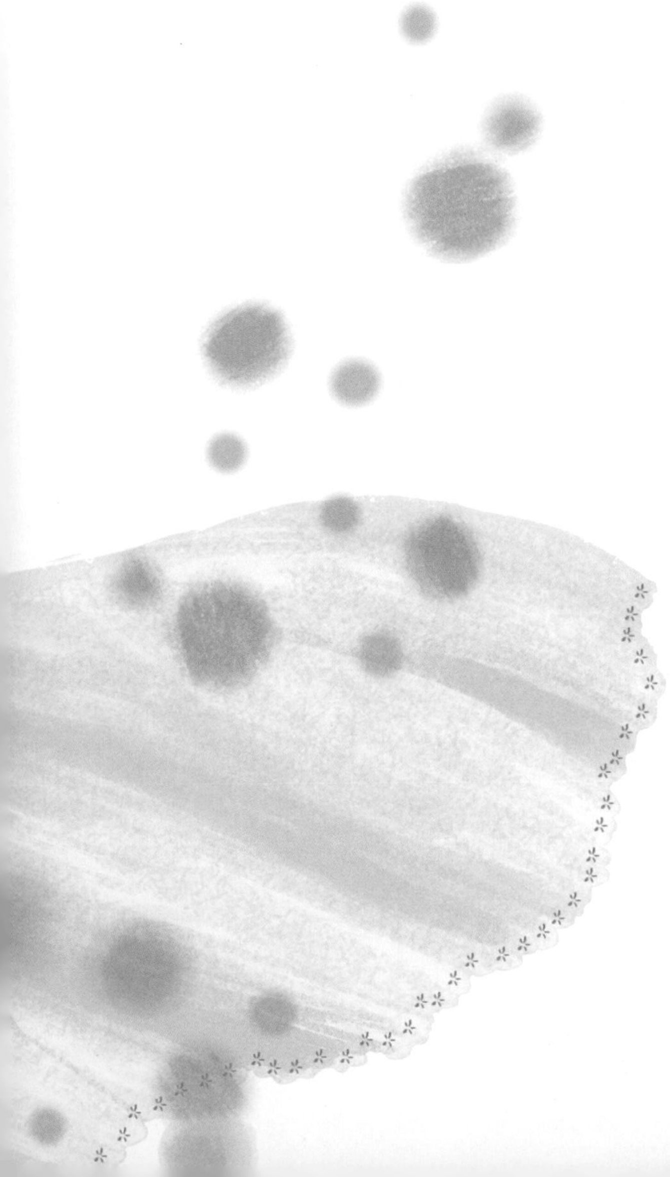

愛情的配額有限

從小我的母親便對我說，福分和財富，都是有配額的，慢慢用就能用得久一些，亂揮霍又不懂珍惜，很快就會用光了。但她並沒有告訴過我，情感也是有配額的，尤其是愛情。這是我歷經漫漫歲月，在情愛中幾度刻骨銘心，幾回支離破碎，才領悟出的道理。

「如果我們能知道自己擁有多少配額，就可以愛得聰明一點了吧？」年輕美麗的茜茜在我面前哭得梨花帶雨，當我跟她說了愛情配額的理論之後，她抬起頭來問我。

茜茜和阿傑的戀情，原本大家都不看好

的，因為阿傑對茜茜傾盡深情，茜茜卻是一副可有可無的態度。當茜茜二十五歲生日那天，阿傑先跟茜茜約好時間，再悄悄把我們這群朋友約齊，準備了蛋糕、鮮花、玩具熊，想要給茜茜一個驚喜。結果我們陪著他等了兩個多小時，茜茜才姍姍來遲。茜茜來了之後並沒有驚喜，反而很生氣，覺得阿傑很自私，害得大家陪著他等，讓她欠了大家一份情。

阿傑花了好大力氣才把茜茜哄得開心一點，我們心裡都覺得阿傑只是備胎，縱使他對茜茜那樣癡迷，講了那樣多的甜言蜜語，甘願領受著茜茜的驕縱任性，還要小心翼翼的賠不是。

沒想到兩年之後，情況發生了變化，阿傑像從一場熱病中醒來那樣，漸漸對茜茜疏離了，「我不明白那時候是怎麼了？活得那麼累。」他對我說這句話，我知道配額已經使用得差不多了。

但茜茜的心卻不知不覺的牽繫在他的身上，她總想看見他，總想跟他在一起。她搭很久的車去他工作的地方找他，他加班的時候，她便安靜的等候。但是阿傑對茜茜說了實話：「其實妳以前就覺得我們不合適，我現在知道我們真的不合適。」

阿傑的愛情，在茜茜身上的配額用罄了。茜茜仍在原地徘徊，不忍離去，如果她真的能夠預知愛情的配額，會愛得比較聰明嗎？

不知配額的愛情，或許正是為了警示我們把握住每一分鐘可以愛的機會。愛情不問多聰明，只問多用心，用心的愛，或許可以讓配額加值？

和解的時機

小S和黃子佼的大和解，轉移了江蕙告別演唱會的購票風暴，瞬間登上娛樂新聞頭條，也引起了「和解時代」的風潮。許多娛樂圈的前任情人紛紛被拱出來，要求他們在大眾面前上演和解戲碼，滿足觀眾，讓大家可以跟著流淚，獲得救贖。事實上，我們不必從他人的和解中尋求滿足或救贖，每個人都有自己的情感經歷，都有在午夜夢迴時，縈繞心間，糾結不已的幾句話語，或是一張臉孔，那是我們前半生的功課，繳交了這份功課，後半生才能過得輕鬆自在。

感情的創傷有許多種，有些甚至細微到難以想像。我認識六十幾歲的明珠姐，她和先生感情很好，退休之後，夫妻二人攜手同遊世界。比她大十歲的先生在一次旅行途中，心臟病發作過世了。明珠姐覺得很遺憾的是，她和先生是相親結婚的，先生年輕時曾經想跟情人私奔，卻沒有成功。「那是我最愛的一個女人啊。」先生有一次跟孩子提到這件事，恰好被明珠姐聽到，她覺得好

難過，不管自己再努力，做得再多，都比不上那個早已退出先生的生活的初戀女子。

「反正陪著他走過大半生的是妳。妳是他的妻子，妳為他生兒育女，妳守在他身邊到最後一刻，這是沒有人可以取代的啊。」我試圖安慰她。

「我一直很想問他，我真的比不上那個女人嗎？我沒有更重要嗎？沒想到他走得那麼快，什麼都來不及了。想起這件事，我就睡不著，覺得好難過。」明珠姐說著，又流淚了。

我想起黃子佼對小S音樂表現的形容，「雖然不是第一，卻是唯一。」用這樣的話語安慰明珠姐，應該是很貼切的，也能提供一點救贖吧。

在小S與黃子佼的大和解中，令人動容的部分，是過往的粗糙、瑕疵和不愉快都不用再提了。那些值得回憶的，盡是微小、真摯而美好的片段。他帶著微笑說：「我還記得……」她的臉上有著專注的神情，點頭說：「我也記得。」只記得發生過的神奇的相愛時光，找到與自己和解的時機，就是圓滿。

三、愛的當下

熱戀中的人總覺得自己是幸運兒，
怎麼會遇見這麼可愛的一個人，與自己相愛。
於是，我們也希望自己變得更美好，
才能與這段愛情相襯。

你聞起來好香

排隊買電影票的時候，我的身後站著一對年輕情侶，因為距離這麼近，他們說的每句話都能傳進我的耳中。

「好好看喔，真好看。」男生帶著笑意說。

「有什麼好看呀？」女生問。

「妳的睫毛呀，今天特別好看。」男生說。

「喔。我今天有刷一下睫毛，本來我覺得睫毛這麼短，刷了也沒用，我媽叫我刷刷看，就刷了一下。看得出來喔？」

「當然看得出來，我一眼就看出來了。」

女生停了幾秒鐘，忽然對男生說：「你好香喔，你聞起來好香。」

「有嗎？我沒搽香水啊，怎麼會香？」

「不是香水啦，是你的味道，我喜歡的味道。」這一瞬間，我的腦海中響起了辛曉琪的那首歌：「想念你的笑，想念你的外套，想念你白色襪子，和你身上的味道。」

這應當是在熱戀之中的人吧，那種專注而濃烈的，愛的氣味，連我也被薰得暈陶陶。而愛情之所以美好，就在這樣的階段，全部身心都沉浸在愛的氛圍中，戀人細微的睫毛，每一根都閃閃發亮；戀人身體的氣味，是全世界最好聞的香氛，熱戀中的人總覺得自己是幸運兒，怎麼會遇見這麼可愛的一個人，與自己相愛。於是，我們也希望自己變得更美好，才能與這段愛情相襯。

只是，這種熱戀的階段，是有時效性的。

我曾在年輕時的社團中遇見過一個性情孤高，目空一切的男孩子，他對我另眼相看，我也就成為對他來說很「特別」的女孩。有一次一起溫書，他要求看我的掌紋，並指著我掌中一顆小痣說：「妳掌中這顆痣很特別，將來一定會成為一個著名的作家。」

後來他發現我對他並沒有燃燒的熱情，於是，我再也不「特別」了。「那顆痣就是一般的痣啊，沒什麼意義。」他這樣對別人說：「我看她再寫也成不了氣候的。」那時候我就明白，許多事心念一轉，就是另一番景象。

愛情也是心念，轉動之際，可能變濃，也可能變淡。但願我們都能記得，曾經，她的睫毛好美；曾經，他聞起來好香。

妳看起來好美

朋友開了一段距離的車，帶我一起尋訪紫藤花的蹤影，當我們轉進鄉間小路，看見一大片紫藤花在陽光下閃著耀眼的紫色光芒，真的很感動。因為不是例假日，園中遊客並不算太多，走動起來很舒適，拍攝時取景也容易。繞了一圈發現，遊人以中老年為主，就算是手牽手的情侶，也都是四十歲左右的，因此，並沒有喧譁或激情的演出。

當我對準一穗垂掛下來的紫藤花，準備拍攝時，耳邊傳來不遠處一對情侶的對話。「拍好了嗎？我看看。」女人問。

過了片刻，女人輕聲笑起來：「真美耶。」

「那是當然。」男人說。

「我說的是花啦。」女人嬌嗔的。

「我說的是妳啦。」男人帶著笑。

「不知道為什麼，你拍的看起來就比較美。」女人的聲音甜甜的。

「不管怎麼拍，妳看起來都好美。」男人說。

他們笑著走遠了，我一直沒有轉頭去看，根本不需要看見女人，也不需要評斷她美或不美，那都不是重點。重點是，此時此刻，在這廣大世界的一個小小的紫藤花園中，有個男人深愛著一個女人。在愛人的眼中，投射出來的自己，是最美好的，沒有任何人可以比擬。

曾經當我年輕時，是那樣孤僻彆扭，但我也收過一張便箋，上面寫著：「妳不必知道我是誰，也不必理會我，只要繼續在妳自己的星球上安靜的漫步，與他人無涉，那就好了。」與他人無涉，聽起來多麼浪漫？說穿了不就是孤僻沒人緣嗎？然而在愛悅者的眼中，看見的卻充滿詩意與美感。

有學生問過我，怎麼確定自己愛上了某個人？我說，當某個人的舉止行為在你眼中「不合理而合情，不盡善卻盡美。」怎麼看都好看，應該就是被邱比特射中紅心啦。

戀愛，其實是艱鉅的心靈活動，對我們的生命與未來有著決定性的影響。如果你愛上的那個人，無法在眼瞳中映照出無與倫比的美麗，無法令你呼吸急促，心跳混亂，你怎麼甘願投入那麼深？付出那麼多呢？

因為愛，你看起來好美，於是我們可以繼續相愛。

不要一直這樣

我喜歡搭乘公眾交通工具，因為會見到許多人，可以遇見不少故事。尤其是捷運淡水線，那曾經是台鐵的淡水列車，載著我年輕的父親去淡水探訪年輕時的我的母親，他們編織了愛情與家庭，於是才有了我。

過了士林站，一對年輕男女在我身邊坐了下來，沒過多久，便聽見了女孩數落的聲音：「那你現在打算怎麼辦呢？大家都已經給過你這麼多機會了。」

「我就再找工作就好了啊。」男生說。

而女孩瞬間爆發，開始喋喋不休，於是，坐在一旁的我，便知悉了男生這幾年來的工作狀況，還有他的性格，處事態度等等。

女孩指責男生做事沒有定性，一直換工作怎麼可能有成就？又說她的姨媽和姨丈都對男生感到失望，已經給了他這麼好的工作機會，為什麼他竟一點也不懂得珍惜？女孩愈說愈激動，男生剛開始還試圖辯解，到後來已完全沉默不語了。快到淡水站的時候，男孩終於開口了：

「可以不要一直這樣嗎？如果妳遇到了困難跟我講，我都沒有安慰妳，那妳是什麼感覺？」

女孩說：「我是關心你呀。」

「可是我們是出來玩的耶，一直講這些妳不覺得怪怪的嗎？」女孩終於安靜下來了。

捷運到了淡水站，乘客紛紛站起來準備下車，身邊的男生起身之後，伸手去牽女孩，女孩笑起來，把手遞給男生，他們肩併著肩，下車去了。

看著他們消失在擁擠的人群中，我想，這一切都是因為愛吧？因為有愛，所以急切了，嚴格了，給了對方和自己很大的壓力，不自覺的說出傷害彼此的話。也是因為有愛，我們還能保持一點覺知，聽見提醒便有了警覺，也願意做出改變，牽起手來繼續往下走。

「可以不要一直這樣嗎？」男孩那忍耐著的請求的聲音，仍縈繞在我耳邊。

其實每個戀人都有可愛之處，也都有不那麼可愛的時候，我們不可能擁有完美的伴侶，就像我們自己也不是完美的。當那些難以忍受的時刻發生，提醒自己「不要一直這樣」，讓兩個人還可以微笑牽手，也就很理想了。

方向盤上的芳香

我的朋友小夏在臉書上貼了一張照片，那是在方向盤上放的一小束花，附了一張手寫小卡，上面寫著：「謝謝妳總在我手握方向盤的時候，為我拍拍手。」下面許多朋友回應，大家都說握住方向盤的人，最不喜歡聽見的，就是身旁的人不斷的指引方向，不斷的批評和不滿意。

幾十個人的回應之後，小夏回覆留言：「我也是不經一事，不長一智啊。」

後來我有機會和小夏出門，那天是她開的車，那束花已經成了乾燥花，依然掛在方向盤的旁邊。小夏一向沒什麼方向感，這兩年因為先生去了外縣市工作，她必須接送小孩上學；去大賣場採購；帶公婆和媽媽上醫院，方向感似乎也準確了不少。

「上次我老公帶我們去吃飯，我真的發現他退步了，迷路迷了十幾分鐘，但是我沒戳破他喔，繼續跟他聊天。」

小夏說。

「妳還給他拍拍手，不是嗎？」我戲謔的問。

小夏大笑起來，她說她原本就不喜歡開車，遇見喜愛開車的老公真的鬆了一口氣，但是坐在車上有時還是忍不住指點一下方向，或是批評先生選的路比較浪費時間、紅綠燈比較多，等等。每當這種時候，先生就變得沉默了。

直到有一次，她坐在姐姐和姐夫的車裡，要去看油桐花，從小到大習慣發號施令的姐姐，不斷嚷嚷著：「幹嘛在這裡轉啊？就跟你說下一條啊！」

「你到底有沒有在看路呀？」

「不是應該左轉嗎？你是閉著眼睛開車喔？」

「明明已經走過的路，鬼打牆喔你！」

終於姐夫發飆了，他們愈吵愈凶，把車子停在路邊彼此咆哮。那一次，一朵油桐花也沒看見，悻悻然的折返了。

經過這一場震撼教育之後，小夏說她再也不批評掌握著方向盤開車的先生了。「因為有他在，我不必自己開車，省心又省力。就算迷路了，地球是圓的，怕什麼？而且，兩個人一起出門，開開心心最重要，到哪裡去反而沒那麼重要。」

小夏說著，正好一道陽光照射在那束乾燥花上，一瞬之間彷彿嗅聞到一股芳香，是來自生活的淬鍊吧，我想。

再等六十年還選她

二〇一二年我到香港擔任公職，最常接觸到的並不是港府官員，而是台商社團。我們有許多合作，他們對台灣的活動多所挹注，我們也會提供場地給他們辦活動使用。

在那段時間，我遇見了一對會長夫婦，乾麟大哥與他的夫人繼聖姐，雖然年近六十，他們的身形與樣貌都保養得很好，總是溫文有禮，笑臉迎人。但我發覺自己的眼光離不開他們，卻是在一場聚餐中，貴賓們紛紛在舞池中起舞，高大的乾麟大哥邀請愛妻共舞，他們的舞步熟練，默契十足，旋轉之中，大哥的雙眼始終帶著笑意與愛意，凝視著妻子。

而繼聖姐也笑意盈盈的仰望著丈夫，眼中盛滿醉人的深情。「愛是藏不住的，就像不愛是裝不來的。」我這樣告訴自己。

在香港時，某一次非官方聚餐，請客的主人是乾麟大哥，我也受邀成為

座上客。一陣杯觥交錯之後，盡歡而散。乾麟大哥突然對我說：「妳做這個工作辛苦啦。」我以為他說的是公職的壓力與忙碌，沒想到他竟然說：「原來妳是這麼安靜寡言的人，那妳現在不是很辛苦嗎？」

我頓時無言以對，因為被理解而感動，也因為他的敏銳觀察而驚訝。這是個心思很細密的男人啊。

離港之後，沒想到竟然獲邀參加乾麟大哥與繼聖姐的婚禮。原來三十幾年前，他們在香港登記結婚，卻一直沒在台灣登記過。這次趁著繼聖姐六十大壽，決定在台灣辦一場婚宴。婚宴中邀請的是他們從年輕就認識的同學、好友，氣氛熱烈融洽。

許多女性賓客都感謝繼聖姐的照顧，對她十分傾慕。乾麟大哥說他們十七歲那年就相遇了，同學們都起鬨說大家都在念書，他們卻在熱戀，真是過分。十七歲就能遇見一生的伴侶，是何等幸福。

「女人的全部優點，我的太太都擁有了。」乾麟大哥這麼說，引來了滿座的掌聲。

「我太太今天六十歲了。如果，要再等六十年，我還是選她。」

再等六十年，還是她。這段發自肺腑的告白，並不是年輕夫妻對於愛的想像，而是一對攜手走過許多悲歡歲月的伴侶，對愛的實踐與諾言，無比莊嚴。

同居者的熱被窩

我認識芊芊那年，她才十八歲，就已經是個旗幟鮮明的不婚主義者，在我們的導生小組討論會上，她陳述了婚姻的種種弊端與非必要，最後，自己下了一個結論：「像我這樣的一個本位主義者，根本就不適合和任何人在一起的啦。」

芊芊小時候父母就離婚了，而後各自再婚，她跟著爸爸住了一段時間，又跟著媽媽住了一段時間，都無法適應，後來是單身的姑姑收養了她。據芊芊的說法，姑姑是個本位主義者，把自己看得最重要，最愛的是自己，卻也給了她很大的成長空間。等到她長大之後，意識到自己的生活態度與姑姑所差無幾，於是，便也宣稱自己是個本位主義者。

芊芊自覺是不適合任何人的，在感情這件事上，也就十分怠懶。她自己看電影、自己去用餐、自己一個人旅行，而後，在旅途中遇見了「尋找自己」的亞爵。亞爵的恐懼是太容易移情別戀，而他的父親一生中數不盡的女人，這種濫情的態度是他深惡痛絕的，他怕自己會變成父親這樣的人。

他們相遇了，都是對婚姻制度感到懷疑和排斥的人，竟然情投意合，水乳交融。芊芊根本不在乎亞爵移情別戀：「我又不要嫁給他。」

亞爵卻時時擔心芊芊離開他：「她最愛的是自己，如果有一天發現我沒那麼可愛，一定會轉頭就走的。」

他們順從著相愛的渴望，展開同居生活，說好了，誰也不會為誰而改變。走出門，就像兩個單身者一樣，誰也不干涉誰，回到家相處的時間不太多，卻顯得珍貴。

冬天是芊芊最難受的時候，她的體質虛寒又不受補。亞爵常要求先沐浴，而後上床睡覺，當芊芊洗完澡，抖瑟著上床，亞爵挪開身子，把自己的暖被窩讓給芊芊，用熱騰騰的身子給她溫暖，沒有情慾的，只是環抱著她。芊芊沒想到與這個人相愛了三年，還能有這樣的感動。

想到那些在冬夜裡搶棉被而翻臉的夫妻；因為被老婆冰冷的腳碰到而發火的老公，一切習以為常之後而不再珍惜的婚姻生活，我真羨慕同居者的熱被窩。

當你望向窗外

「妳在想什麼呢？」當我安靜下來，攪動著咖啡杯裡褐色的液體，坐在對面的那個男人發出了這樣的疑問。我抬起頭，看見他的表情有些不安與忍耐，彷彿我做了不妥當的舉動。

「我在攪拌咖啡呀。」我回答。「但妳已經攪拌了好久了。」男人這麼說，還看了一下手錶。

「這樣呀，」我放下小匙，有點不好意思的回到現實，嗯，回到現場：「我們剛才在說什麼？」

這是發生在我年輕時候的一個小事件，也是我從小到大一直無法克服的「走神」狀況。這部分一直讓我覺得疑惑，我的走神真的是讓人困擾的事嗎？

後來我認識了一個藝術性格的男人，我們常一起搭著客運出去遊玩，捷運尚未開通的年代，搭將近兩小時的客運，從城的這一頭到另一頭去看海。或是高鐵連影子都沒有的時代，坐三個小時的巴士，從台北到台中去，吃個午餐，喝杯咖啡，便又搭車回到台北。

一路上只是有一搭沒一搭的聊著天，在那些美好而和諧的相處時刻，也曾有小小的不安。當我要去洗手間，或是打公用電話報平安的時候，離開他身邊一陣子，再度走回來，總看見他伸長了脖子張望。

「你在找什麼呀？」我問。

「當然是找妳呀。」他回答。

「我不是一下就回來了？」

「是呀。」他看著我的眼睛裡，某種焦慮漸漸斂息。那種焦慮我雖然察覺到了，卻不知所為何來？

閱讀卡夫卡的情書，看見了這樣幾句話：「我將永遠無法吸引你的注意，當你望向窗外或是將頭趴在手臂上時，我便失去了你。」突然之間，那些不安、忍耐、焦慮的眼神在這一刻都變得清晰無比了。

在愛戀時，我們想獲得戀人全部的專注力卻總有許多心力不逮的時刻，當戀人的眼睫怠懶；當戀人被窗外翻滾的小貓吸引；當戀人的表情飄忽，失去感便攫住我們。

「當你望向窗外，我便失去你；當你再度望向我，我就得到你。」如果可以這樣理解愛，會不會愉悅一些？

愛的駕駛，不踩煞車

茉莉是我的好友秋群的女兒，從小就與我特別投緣。那天我和秋群有約，茉莉說她也要參加，並且要先到我工作的地方找我，然後我們一起去赴秋群的約。聽見這樣的安排，我就知道茉莉有心事要和我聊聊。

她之前喜歡一個學長，但學長已經有女朋友了，讓她很苦惱，後來，學長和女友分手，他們終於展開戀愛。然而，茉莉的神情看來有些憔悴，顯然不太開心。

「他有時候非常熱情，有時候，不知道為了什麼不開心，就一整天不跟我說一句話，我傳訊息給他，他都是已讀不回。弄得我不上不下，好煩喔。」茉莉說她還是很喜歡男友，男友熱情的時候也真的是貼心又有趣，只是不知道該如何解決忽冷忽熱的狀況。

我們搭上一輛計程車，遇見的是侃侃而談的司機，司機先生說他開計程車已經二十幾年了，坐上他的車的乘客，都能感覺到一些不同。首先，他是不按喇叭的，如果大家有一點不順就按喇叭，整條馬路上都是喇叭的聲音，那還能過日子嗎？再來，他說他是不踩煞車的，而是用催油門來控制行車的速度，就不會有突然煞車引起的不適感。我用心體驗了一下，還真的是有些不同呢。

搭計程車經歷十分豐富的我，最怕遇見的就是一會兒加速，一會兒緊急煞車的司機，令我渾身緊繃，胃部收縮，下車時總是暈眩、噁心兼想吐。此刻在這輛計程車上，既感覺不到催油門，也感覺不到踩煞車，一切都是那麼平順、安詳，一團和氣。

就像開車一樣，我們的人際關係，不必催油門，也不用踩煞車，才不會讓人頭暈目眩，才能久久長長，我突然得到了這樣的啟發。

「跟男朋友好好懇談一下，不用那麼熱情，也不用那麼冷淡，談戀愛是一種藝術啊。」我對茉莉說。

但我知道控制戀愛其實是很困難的，因為我們的欲望、匱乏、創傷、不安全感，都在戀愛中表現出來，愈是在乎，愈為失控。為了渴望緊密，猛催油門；為了自我保護，猛踩煞車。從不踩煞車，是一種高段的修為。

我要一雙情人眼

到香港旅行時正值萬聖節前夕，走進商場便看見一系列的裝置藝術，其中有一隻粉桃色的毛茸茸大型蜘蛛，相當應景。它的顏色和質感，都有令人撲上去擁抱的衝動，於是我便撲了上去，由同行夥伴捕捉了一張照片。

照片的顏色很鮮豔，我將它貼上臉書，照例要寫上一段文字：「我猜想每個女人內心都有一點蜘蛛精吧。若能吃幾口唐僧肉，永保青春，長生不老，怎能抗拒？但再多唐僧肉，也比不上身邊有個人總用帶笑的眼睛看著妳，不管妳多少年歲，都覺得妳真好看。」

這不只是審美問題，這分明是愛的深度與執著。

年輕的時候受人稱讚，是理所當然的，因為青春真的好美。若非如此，為什麼有那麼多人走上醫美的道路，義無反顧。我身邊好幾個年齡差不多的朋友，都是醫美診所的常客，也會忍不住的給我忠告：

「妳真的應該整理整理，現在的女人是不能老的。」

這話聽起來壓力真的太大了，但是我又怕痛，又擔心副作用，就這樣磨磨蹭蹭，一事無成。我想，許多女人都找到了她們的唐僧肉，但是，我也看見過臉上一點也看不出歲月痕跡的女人，卻得不到身邊伴侶的柔情看待，雖然她把自己保養得那麼好，卻保養不了愛情。

因此我想，唐僧肉易得，情人眼難求啊。

所謂的「情人眼」，就是總用充滿情感與讚賞的眼光，凝望著對方，不管對方是什麼年歲，不論歲月在對方身上造成什麼影響，都覺得好好看，怎麼看都不厭膩。

「情人眼裡出西施」，是容易的事，問題是，這雙情人眼可以持續多久？

臉書上的這篇貼文得到各式各樣的回應，有人直接指出「癡人說夢」，也有人說：「女人為什麼總是不清醒？很愛幻想？還是小說戲劇看太多？」其

實也是「癡人說夢」的意思吧？

但我知道這並不是癡夢，我見過長長久久的恩愛夫妻，在彼此眼中，他們都是最迷人最美好的，也因為有這樣的情人眼癡心凝望，他們確實愈來愈好看，也愈來愈相愛。

和唐僧肉比起來，我更想要一雙情人眼，並且我很幸運，因為我相信愛情可以專注、深刻而恆久。

我們可以修好的

清清的父親過世時，她得了憂鬱症，因為自小父親把她捧在手掌心，當成公主一樣的呵護寵愛。那種強烈的失落感，讓她無法適應，直到遇見了瘋狂愛戀她的敏達。清清和敏達結婚時我們都羨慕的想，公主就是公主，總會遇見她的國王或王子。

清清和敏達婚後一起去美國住了幾年，接著回到台灣，他們生了一個兒子，婚後十年傳出即將離婚的消息。據說是先分居一年，才正式簽字離婚，聽見消息，我們這些朋友都感覺惆悵。

最近遇見清清，她瘦了一些，精神看起來挺不錯，她告訴我，她和敏達可能會復合。「我們一起去騎車，遇見一件事，讓我想了很多。」她說。

分居之後，應兒子要求，一家三口在假日裡一起騎腳踏車出遊。有一天，他們挑戰了一段不好騎的山坡路，半路上看見一對年輕男女的腳踏車拋錨了。

男孩蹲著為女孩修車，女孩坐在一旁的石墩上，替男孩搧風。

敏達問他們：「需要幫忙嗎？」

女孩微笑著，很篤定的回答：「沒問題，我們可以修好的。謝謝。」

敏達點點頭，他們繼續未完的騎程。

中午吃飯時，清清仍牽掛著那對年輕人，她叨念著不該把他們扔在那裡不管，天氣這麼熱，萬一車子修不好……

「別擔心。他們沒問題的。」

「你又知道沒問題了？」清清沒好氣的：「反正不關你的事嘛。」

敏達深吸一口氣，捺著性子對清清說：「妳沒看見那個女孩的表情嗎？她的表情讓人放心，因為她信任那個男生，他們彼此倚靠，當然沒問題。如果她看起來焦躁不安，那就有問題了。」清清沒再說話。

她開始思考自己的公主性格，太多的抱怨和挑剔，焦躁與任性，是否因此毀壞了與敏達之間的美好情分？

她想到他們共同生活的這些年，每當困難出現，她總是暴跳如雷，不斷的責怪，從來沒想過「我們可以修好的」。總覺得發生問題就是在找她的麻煩，敏達為什麼不把一切處理好？對於他們的關係，清清有了新的想法：「我們可以修好的。」

四、愛的樣貌

愛一個人是安全的，
或許有傷害，或許很痛苦，
但沒有毀滅你的力量。
就算是背叛、失去、欺騙，多麼尖銳的創痛，
原來都不會毀滅你，
除非你毀滅自己。

青少年的愛情

秋天的某個晚上，曾經在小學堂上過課的女孩珊珊來找我，她現在已經是高三準備考大學的年紀了。她帶來了一本我的散文集《緣起不滅》索取簽名，這是她的同學小柔拜託她的，小柔要將這本簽名書送給她的男朋友，祝福他學測順利，進入期望的大學，也希望他們倆的情感真的可以「緣起不滅」。

女孩在給我的信中，用娟秀的字跡寫著：「很想請老師祝福我們走很久，但總覺得青少年的愛在老師眼中應該只若一顆細沙。」

其實，並不是的，我很想告訴她，青少年的愛，是人生的愛的初練習，是最純粹，也是最貴重的。

青少年的愛，絕不是細沙。有時候它是一顆珍珠，掛在我們的心上，不管經歷多少事，依舊閃閃發光；有時候它是一顆淚珠，藏在我們靈魂深處，不管經歷多少年，想起來仍有惻惻的酸楚。

那樣切切的思慕著一個人，想念到全身都發痛；那樣狂喜得腦門充血，知道原來對方也喜歡著我。沒有想過未來會如何變化，沒有想過彼此將成為什麼樣的人，只知道去愛與被愛，愛就是唯一。

年紀愈來愈大，愛或不愛一個人，都要經過斟酌的，有時還要算計一下自己能有幾分把握？能有多少好處？愛這一個或那一個有什麼不同？就算是失戀了，也看作生活中的一項不如意，處理得乾淨俐落些也就好了。就像是一個人生經驗，以後說給別人聽，當作是自我成長的一個契機，竟然不痛不癢，不免懷疑，那時候到底愛是不愛？

羅密歐與茱麗葉是青少年，所以愛得不顧一切；梁山伯與祝英台是青少年，所以愛得死生與共。青少年的愛，有著無限的能量與光芒，怎麼可能是細沙？只是在愛著的時候，自己並不知道而已。

我在臉書上貼了這件事，並且說出心聲：「如果人生可以重來，我願自己在青少年時便開始戀愛。無所畏懼，亦不遲疑。」

有網友鼓勵我：「重來不可能，何不放眼未來？」然而，我已不是青少年，再也找不回青少年的愛情了。

牙醫師的理解

語晴是個溫柔的牙醫師，她的仔細和耐心，化解了我每次洗牙的恐懼感，也因為她是值得信賴的人，所以，我很放心的在她那兒動過兩次牙科手術。幾年過去，我們也成了朋友，我知道她結過婚卻又離了婚，帶著一個十歲的女兒，和媽媽一起生活。因為要照顧媽媽和女兒，她幾乎是不加班的，要跟她約著吃晚餐，也得提早預約。

有一天，她很興奮的告訴我，媽媽帶著女兒去東京迪士尼旅遊，她可以跟朋友約吃飯了，語氣之間有著少女外宿的雀躍。於是，我們約了星期三她七點下班之後的時間，共進晚餐。

六點半時，她發了訊息給我，說是今晚不能準時下班了，因為臨時有個病人帶小朋友過來，她會遲到，如果我還有事，就不要等她了。我決定先找間咖啡館坐坐，把隨身攜帶的書趁機讀完，因此，回覆她不用急，看完診再打給

我，就可以了。但我也不免疑惑，一向不加班的她，何以破例？

八點半的時候，她匆匆趕來，直說對不起。「來的人可是一個型男？」我跟她開玩笑。

「是個很不錯的男人，可惜我總遇不到。」語晴說。

點完菜，吃沙拉的時候，她告訴我，臨時向她求助的是一個男人，每年請她洗牙的，短暫聊幾句，連朋友也談不上。

那個男人這次為了一個小女孩的蛀牙，打電話給她，語氣中滿是無助和驚惶，請語晴一定幫忙。「是你的女兒嗎？」

語晴以為必然是骨肉之親才會如此急切，男人說：「是我女朋友的孩子，這兩天女朋友出差，我在照顧她。別的醫生我也不放心，真的拜託了。」

就是這樣的請求，讓語晴破了例。語晴說她離婚之後，遇見過兩個男人，對她都很熱情，但是，對她的女兒卻很敷衍，沒什麼真心。

「我不能想像，一個男人說愛我，卻不喜歡我的女兒。」

那個真心喜歡女友女兒的男人，獲得了牙醫師的理解，因為牙醫師在等待的，也正是一個能真心疼愛她女兒的男人。

共同朋友的邀請鍵

「戀人在臉書上共同的朋友愈多，愈容易分手。」在臉書使用的研究上，最新的報告出爐了。

我聽見身邊朋友在討論：「我們共同的朋友只有二、三十個，應該還算好吧？」

「我聽說有的人是百分百的雷同耶。」

「我覺得一定要把對方的朋友變成自己的，這種行為有點噁心。」

「其實只是為了想要參與一下彼此的生活吧，有那麼嚴重嗎？」我不禁想到，在沒有臉書的年代，戀人們不是也有共同的朋友嗎？彷彿擁有共同的朋友，才能顯現出情感與關係的連結更穩固，對彼此的瞭解和信任也就更深了。

年輕時有個學姐對我說：「妳的男朋友如果沒帶妳去見他的朋友和家人，那就不是真心想跟妳在一起。」

這句話像個緊箍咒一樣的套在我頭上，一直在意著，什麼時候，他才會邀請我參加他和朋友的聚會。身邊恰好有個令人不愉快的案例發生，美麗的女同學對男朋友費盡心機，極力討好，最後，男友還是跟她分手，原因是「身邊的朋友都不喜歡她」。這件事讓我產生了虛無感，不管我們現在有多麼融洽，都只是假象，他的朋友們才是最後的評判，隨時可能判我出局。

曾經，我和一個男生在一起，交往一年多，我的好友們從中部、南部上台北歡聚，我很希望男生可以和她們見見面，男生卻想盡辦法迴避，為此我很不開心，覺得他並不看重我們的情感。

事後他告訴我，他擔心自己表現不好，會影響到我們的關係。而我也靜下心來思考，在男生還沒準備好的情況下，催促他與我的好友們見面；一定要帶著男友亮相，難道不是一種虛榮？

成為戀人的共同朋友，也是有風險的。他們兩情相悅時固然很好，若情感生變，彼此怨懟，朋友得要選邊站，那就真是左右為難了。

有了臉書之後，戀人們擁有共同朋友更容易了，只要按下一個邀請鍵，被接受的機率也很大。然而，按鍵之前應該想想，我們真的這麼愛交朋友嗎？還是只想掌控戀人的生活？

如影隨形的倦怠感

我看見建群在樓梯轉角處，便知道他是來找我的，他已經畢業好幾年，在電信公司上班，事業蒸蒸日上，個性謙和有禮，屬於理想青年那一種類型。上一次他來找我，約莫是一年以前，當時正準備跟女友分手，有些苦惱和愧疚，所以，希望我為他開解。

他和那個女友在一起將近三年了，據建群說並不是熱烈的戀愛，平淡如水的感情生活，常常令建群興起強烈的倦怠感，對人與事都提不起精神，彷彿可以做些事，不做也可以；彷彿應該說些話，不說也無關緊要。他有時怔怔的發獃，感到虛無的恐怖。

偏偏，他從高中時就一直暗暗喜歡的女孩小洛，又回到了他的生活圈。多年前他曾表白過，被小洛四兩撥千斤的歸入了好朋友的範疇，多年後他見到小洛，與她在臉書上交流，都令他難以遏止的雀躍與亢奮，好像全身血液都被更換了，成為一個全新的人。

於是，他決定與女友分手，背負著負心的罪名，只為了追求那種可以燃燒的，活著的感覺。話雖如此，分手的事依然折磨著他，對於新戀情的渴求又煥發著他，使他呈現出不尋常的奇異光采。我知道他已經和小洛在一起十個月了，據他的同學的說法，他們真的是如膠似漆呢。

「你不是來送喜餅的吧？」見到他的時候我便這樣問。建群什麼話也沒說，竟然嘆了一口氣。他說他和小洛認識了快十五年，小洛確實是他最愛的女生，然而令他感覺極度沮喪的是，他們如此相愛，好不容易才能在一起，為什麼，依然產生揮之不去的倦怠感呢？上一次，他以為只是因為不夠相愛，這一次又是為什麼呢？

「倦怠感是如影隨形的呀。」我與他分享自己的感受。

倦怠感可能因為愛情或伴侶而延遲出現，卻終究會出現，如果相戀的人只活在彼此的世界裡，讓生活更狹隘，那麼，倦怠感自然會頻繁的出現，一加一等於二，難以排解了。

戀人們既可以面對面擁抱，也能背對背觀望與接觸著廣闊的世界，讓愛情更自由，才能保持新鮮感。

愛上長髮女孩

多年前我和一個名人一起上談話性節目，我們都未婚，那天談的是感情問題，主持人興味盎然的問我們的擇偶條件，這個問題一下子把我難住了，因為我從來不是一個「條件論」者。

很年輕的時候，每當有人想幫我介紹男友或相親，便很認真的問：「那妳要求的條件是什麼？」

我總是無法作答，弄得人家有點苦惱，甚至有朋友為此生起氣來：「妳可以認真一點嗎？」

那天在錄節目的時候，那個名男人毫不思索的說出他的擇偶條件：「一定要長髮的女生。」我很驚訝的看著他，腦中好多問題激烈的碰撞著，為什麼他的擇偶條件這麼明確？為什麼這麼表面？任何一個女人都可以留長髮呀，只要長髮就是他想要共度一生的女人嗎？如果那個長髮女人後來剪成了短髮，愛

就消失了嗎？

同時也嚴苛的自問，為什麼我什麼條件都說不出來？哪怕只是一個顯而易見的外貌特徵？

記得我還小的時候，媽媽曾經自嘲的對我說：「我以前總是說我不要嫁給戴眼鏡的男人，後來就嫁給妳爸爸。」

我爸爸戴眼鏡戴了一輩子，他們已是老夫老妻還牽手去散步，算是感情很不錯的。在媽媽自嘲的笑聲中，我學會了「始料未及」這句話。

比我高大的男人一定能令人有安全感嗎？比我學歷高的男人一定比較優秀嗎？比我年齡大的男人一定懂得疼愛我嗎？經濟狀況好的男人一定慷慨嗎？在我直接與間接的生命經驗中，都不是必然的，那麼，條件又有什麼意義呢？

真正愛著一個人的時候，他或她會以全然不同於想像的樣貌出現在你面前。你知道你們之間有千百種不適合，但你依然耽溺於相處時的歡愉，想盡辦法拉近彼此的距離，那是一種氛圍，一股氣息，強烈的吸引力。其實是沒有軌跡可循的，突如其來，恍惚若夢。

多年後我在一家夜店看見當年的名男人與他的同性情人親暱依偎，許多

關於他的流言此時塵埃落定，我終於明白當年他可以那麼明確的說出條件，只是為了給人一個交代而已。我知道自己一直很認真，我要的不是條件，只是愛與被愛。如此而已。

愛情暴力一旦啓動

那個年輕女孩愛上一個又帥氣又優秀的研究生，卻被一而再、再而三的拳腳交加，直到她再也無法忍受，請求警察保護她，去兩人共同的居處，取回個人物品。這個新聞引起了注意和討論。

在網路新聞的討論區裡，有個女生發表了自己的經驗，她說她第一次被男友毆打，相當氣憤，到醫院去驗傷。驗傷的時候，從護理師到醫師，都跟她說同樣的話：「離開他吧。離開會打妳的男人，因為這不會是最後一次，我們看得太多了。這種事從來沒有好下場的。」那個聰明的女生，聽見了這樣的警告，下定決心離開了男友。

在戀愛關係中的暴力，連家暴也稱不上，卻是許多女人默默隱忍承受的痛苦。為什麼甘願忍受呢？這一切都是為了愛吧。

「我知道我不應該愛妳，我不可以愛妳，但我就是無法控制，我瘋狂的想愛妳。」當男人對女人說出這樣的愛的宣言，女人聽了都會感動的。

然而，如果這些話稍稍修改，成為「我知道我不應該打妳，我不可以打妳，但我就是無法控制，我瘋狂的想打妳。」又當如何？

其實都是無法控制的瘋狂——愛一個人或打一個人。

動手的男人常在事後痛哭流涕、真心懺悔，說自己有多麼愛情人，因為太恐懼會失去，才不小心動了手，以後絕不會再犯了。另一種動手的男人，則是毫不懺悔，神情冷漠的對受害的情人說：

「這都是妳的錯，妳看妳把我變成什麼樣的人了？」

前者是無法掌控自己情緒的危險分子，後者是人格已經扭曲的恐怖分子，都是避之則吉的。有些女人以為用愛就可以感化情人，只要給足了安全感，野獸也能變成王子。然而，愛情中的暴力卻不是這樣的，就像野獸一旦出洞，進行攻擊，嘗到了甜美的鮮血滋味，就算回到黑暗洞穴，依然會循著已熟悉的道路，一次又一次的，尋找甜美的鮮血。

愛情暴力一旦啟動，就不能回頭了。聰明的女人在吃過一次苦頭後就遠遠逃離，更聰明的女人應該明確透露訊息：只要愛情，不要暴力。不要以任何理由對我施暴，我絕不會隱忍。

湯婆子的懷抱

我的學生小緞在學校的時候，就是個積極又負責的人才，不管辦什麼活動，我都喜歡找她在身邊幫忙，她總能找到一群好幫手，同心協力的一起工作，各司其職，把每件事辦得妥妥當當的。只有一次，她在會議中缺了席，直到第二天才露面，而且臉色很不好看。我問她發生了什麼事，她有些沮喪的說：「還不就是那個？每個月都要來搗蛋一次，真是煩死了。」這是我對小緞最深刻的印象，不管多麼優秀傑出的女人，經痛來的時候，都無法招架。

小緞進入職場五、六年了，曾聽說有個富二代熱情追求，但她不為所動。據說富二代對小緞十分慷慨，但小緞覺得他只是浪費金錢。

「浪費錢就是浪費資源，不只是他自己一個人的事，他浪費的資源是全世界的。但是，跟他講他是不能瞭解的啦。」小緞說，富二代送她的名牌包包實在用不著，她只好網拍之後把錢捐給慈善團體。

近來我在臉書上看見她貼文，提到一個朋友「細心、體貼、環保」，便察覺了什麼。前兩天看見這樣一篇貼文：「十一度的低溫，加班到夜晚十點，『惡魔』又來報到，真是太悲慘了。朋友開車來接我，一上車，就收到了可愛的禮物，暖呼呼的湯婆子。抱在懷中，抵在肚子上，整個人都暖和了，疼痛也紓解不少。朋友又送上一壺自己熬的紅糖桂圓，香香甜甜，啊，真是太幸福了。」

這個「朋友」不僅貼心，而且費心。完全瞭解小緞是個立場堅定的反核人士，最樸素復古的取暖方式，最能贏得小緞芳心。再加上自己親手熬製的溫補甜湯，簡直是甜蜜入心了。

兩、三天之後，我看見小緞將狀態由「單身」改為「穩定交往中」，於是發訊息給她：「是那個湯婆子『朋友』嗎？」

小緞很快就回覆了我：「是呀，親愛的老師，他送我一個湯婆子，我便給了他一個長長的擁抱。」湯婆子的擁抱，真是令人身心舒和，安定溫暖。

說到底，在這蒼涼的人世，我們所需要的，不也就是一種恆久的取暖方式？

美麗的新娘頭紗

我做了一個夢，夢見一位穿著白紗禮服，戴著蕾絲精巧頭紗的新娘，被新郎牽著走向聖壇，他們交換了戒指，也交換神聖的誓言。接著，新娘換下禮服，卻仍戴著她的頭紗，在廚房裡烹調；在花園裡澆水；在陽光下晾衣服；甚至在桌邊教孩子算術。不管穿著什麼樣的服裝，永遠不除下她的頭紗。那種感覺真的超詭異的。

我從夢中醒來，立刻打電話給晴昀：「都是因為妳，害我做了一個奇怪的夢。」

晴昀將要結婚前，聽說了她的未婚夫其實不只有一個小三，甚至可能還有私生子。但是，這個未婚夫是她交往過的最富有的豪門貴公子，她實在捨不得放棄。她自小立定的志向就是嫁入豪門，不會因為這些事輕易動搖的。

晴昀的母親就是立志嫁入豪門的女人，可惜差了一點點，嫁給了偽豪門的丈夫。晴昀從小看著母親和父親雖然感情和睦，卻仍歆羡著那些嫁入真豪門的姐妹淘。她暗自發誓，將來一定要替母親爭一口氣。

其實，這些嫁入豪門的阿姨們，大部分都離婚了，變成了豪門「前妻」。可是，哪怕是前妻，依然有前妻的威儀。晴昀記得小時候跟著前妻阿姨去「前夫」的餐廳吃飯，依然被服侍得周周到到的，只要簽個名就走人，一毛錢也不用付。

晴昀和母親與一位前妻阿姨一起去試禮服，她們挑選了一頂繁複美麗的頭紗，層層疊疊的白紗和珠花，讓晴昀幾乎看不見外面的世界了。

「哇！我好像瞎子喔。」晴昀笑著說。

前妻阿姨突然握住她的手，輕聲卻清晰的對她說：「如果要保住妳的婚姻，永

遠也不要把頭紗拿下來。」

晴昀告訴我這件事，於是我做了這樣的一場怪夢。如果永遠不把頭紗拿下來，不必看清楚許多事，是否才能在婚姻中感覺幸福？

晴昀說，她想和未婚夫好好談一談，究竟他們想要的是什麼樣的人生。

「我仔細想過了，一輩子都戴著頭紗好累呀，什麼都看不清楚也好累呀。」

晴昀這麼說。

美麗的新娘頭紗，婚禮前誰不想快點戴上？戴上它，望出去的世界迷濛了，也美化了，然而，真實的日子不可能永遠迷濛和美化，婚禮之後，哪怕是再美麗的頭紗，誰不想立刻除下？

砂鍋的幸福保證

我的學生小緞是個不激進但堅定的環保美女，她雖然很忙，卻自己調配芳香精油，用來泡澡放鬆，花這麼多時間做這件事，當然也是因為環保。「有些合成的精油，含有破壞環境的成分，積少成多，害人害己。」

而小緞每次調配，總不忘記給我一份，為著這樣的惦記之情，我在年終時請她吃飯，多謝她的照顧，也瞭解一下她的新戀情。

小緞與不環保的富二代情感終結後，便與新男友交往了，這個男友打動她的，是一個湯婆子和一杯紅糖桂圓。小緞談到這個男友，簡直是眉飛色舞，一改過去意態闌珊，無精打采的模樣。

原來，她認識這個男人已經好幾年了，兩人之間一直淡淡的，卻一直沒有斷絕，只是多半是一群人的聚會。男人常在聚會之後送她回家，有時候聊得開心，有時候沒太多話題好聊。後來，他們共同的朋友Nancy發生了感情問題，大家約好要一起聚餐，幫她開解一下。結果當天Nancy和男友大和解，無法出席，幾個朋友也紛紛打退堂鼓。

男人問小緞：「要不要來我家吃砂鍋魚頭？嘗嘗我的手藝？」

小緞一時想不到晚餐該去哪裡吃，便應邀赴約了。男人用大白菜和凍豆腐墊底，鋪上鰱魚頭和寬粉條，加上自製的豆瓣沙茶醬，與紅豔豔一整條大辣椒，香氣撲鼻，十分開胃。

砂鍋離了火，搬上桌來，依舊咕嚕咕嚕滾個不停，就這樣足足滾了五分鐘。小緞讚歎道：「砂鍋真厲害，保溫超強啊。」

「主要是持續力，任何一種美好的關係，都是因為熱情可以持續得很久。」男人含笑的說著，為她盛滿一碗菜料。小緞沒說什麼，但她的心確實快速的跳躍著。

看見小緞吃得津津有味，男人說：「下次再來吃別的，一個砂鍋可以變化的花樣可多了。」

「所以，有了砂鍋，就很幸福囉。」小緞喝完一碗湯，迎向男人的眼睛。「砂鍋再加上我，」男人誠懇的對她說：「就是幸福的保證。」

沒有崇拜就沒有愛

在一個微型座談會上，我和幾個女性談到了愛的必要條件這樣的話題，有的女人需要的是「安全感」，有的女人需要「善良」或是「才氣」等等。

有一位五十歲的彩雲姐說：「我一定要崇拜才行，我總是會愛上崇拜的對象，那種很有男子氣概的人，有氣魄、有擔當的，我就會忍不住愛上他。」

彩雲姐曾經幫忙地方角頭選舉，結果捲入對方的家庭與婚姻，糾纏許多年，還生了一個女兒，卻始終沒有得到名份。角頭過世之後，彩雲姐又愛上一個很有勢力的男人，再度浮沉情海之中，飄飄盪盪。

但在彩雲姐身邊，一直有位守候著她的男人，自從妻子過世，他就扮演著彩雲姐的守護天使。「我想過好幾次，要嫁給他，但是，他是個平平穩穩的人，我感謝他，沒辦法崇拜他。」

另一位三十幾歲的妃妃，則是另外一種狀況：「如果得不到崇拜，我沒辦法愛上那個人。」

妃妃在公司裡的職責是教育訓練，她每個月都得帶新人，為他們上課，領他們實習。在那個生存競爭近於殘酷的環境裡，新人受不了壓力而崩潰或逃跑的狀況經常上演，於是，妃妃還兼心理輔導，要與他們懇談，或是陪著他們買醉。

那些年輕的男人私底下叫她「鐵柔女教官」，就是既鐵血又柔情的意思。好幾個男人向妃妃告白過，妃妃也曾和兩、三個男人交往過，她相當享受被崇拜的感覺。

「以妳為世界的中心，他的宇宙是繞著妳打轉的，凡事以妳的意見為優先，這種感覺真的很棒！」

彩雲姐聽見這樣的說法，想了想，很疑惑的問：「什麼事都聽妳的，壓力不會太大嗎？讓男人作主，當個小女人不是很幸福？」

妃妃笑著說：「如果都讓男人作主，不能自己拿主意，我的壓力才大呢。」

「怎麼會這樣？」彩雲姐喃喃自語。

我想，她們雖然都是「崇拜主義」，卻有很大的不同，彩雲姐在崇拜男人的面前，當一個順從的女人，而有幸福的感覺；妃妃卻在男人對她的崇拜中，感到自身的美好，進而顧盼生輝。

對某些人來說，崇拜是最重要的愛的條件，沒有崇拜，就沒有愛。

世界上沒有眞愛

從嬰兒時代就與我熟識的潑潑，已經考上大學，不必再經歷升學考試的激烈競爭，她早就計劃好，只要參加完高中畢業典禮，就要當個背包客，到外面的世界去流浪。可是，她看起來一點也不雀躍，甚至有些無精打采。她的母親是我多年好友，希望我能旁敲側擊的問出點端倪來。

我和潑潑去搭了貓空纜車，又泡了半天咖啡館，各自做著自己喜歡的事，我差點忘記了此行身負的使命。

直到吃完晚飯，潑潑玩著叉子，看似漫不經心的問我：「到底怎麼樣才能找到，真愛呀？」我看著她，沒有回答。

於是，她自己滔滔不絕的說，她原本計劃四處流浪，是因為相信在這樣的旅行中能找到真愛，可是畢業前看見幾個認真談戀愛的好姐妹，紛紛與情人分手了，感覺很沮喪。

「如果真愛一直沒有出現呢？」她問。

我想了想，慎重的回答：「其實，世界上沒有真愛。」潑潑的眼睛睜得好大，她一定不相信我會說出這樣的話，在她心目中，我是最浪漫的女人了。

「世界上也沒有假愛，只有愛，以及不愛。如此而已。」我做出結論。

愛是一種心意的波動，是一種靈魂的浸染，是一種想要靠近，想要結合的欲望。當這樣的狀態出現，當我們愈來愈難以自主，當我們以為自己的力量變得強大，便能覺知，這是戀愛。假若這些狀態都沒有出現，卻必須要對另一個人釋放出各種迷惑的手段，心靈依然會清楚的告訴我們，這不是愛。並不是「假愛」，根本就「不是愛」。

然而，愛一個人往往也是有期限的，就像我曾寫過的一首歌：「戀人的保存期限，誰不想永永遠遠？我緊貼著你的背，像影子一樣跟隨。」可是，這美好的願望，常常被現實摧毀。當愛結束了，依然是愛，不能因為這愛不符合我們的期望，就說它不是「真愛」。

但我想潑潑和她的好姐妹還年輕，否定愛或許讓她們不那麼痛苦，而終有一天，她們會重新踏上尋愛的旅途，不再被「真愛」、「假愛」的名稱所困惑。

戀愛就是強迫症

無意間在網路上看到一段瘋傳的影片，是一個強迫症男子自述他戀愛與失戀的經歷。他盡量壓抑著自己的躁動，描述如何遇見心愛的女人，女人的嘴角弧線與睫毛如何抓住他的專注力，使他能夠平靜下來。而女人用欣賞的眼光看待他的種種非理性行為，像是不斷的開燈關燈；不斷的查看門鎖是否鎖上，女人說這樣她就知道自己是絕對安全的了。

當他們散步的時候，男子必須避開馬路上所有的縫隙；當他們吻別時，男人必須吻了又吻以確定這親吻是完美的，女人覺得他傻氣、執著、非常可愛。

但是，當他們相愛了一陣子之後，女人開始覺得一吻再吻很浪費時間；避開馬路上的縫隙是無聊的舉動，她離開了他。男人的語氣愈來愈躁動激烈，他不明白女人為什麼說不愛就不愛了？而他自己依然執著於對她的熱烈情愛？他看起來那麼痛苦，他的痛苦感染了我，那樣絕望又哀傷。

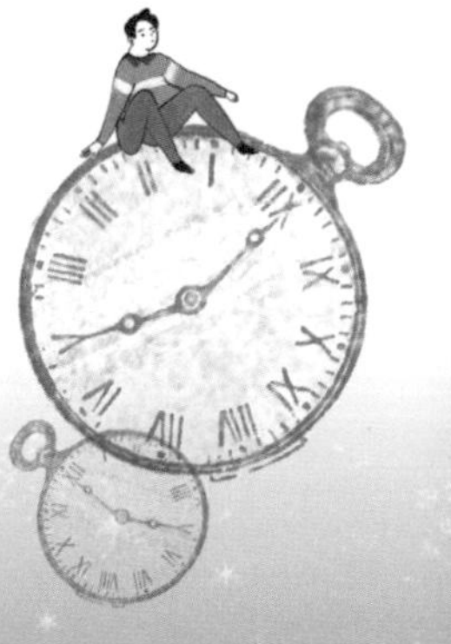

我把這個故事轉述給我的朋友嘉嘉聽，嘉嘉默然不語，我問她：「如果妳是他的女友，看見這樣的影片，會不會回心轉意？」

嘉嘉跟相戀五年的男友分手之後，花了很長的時間才慢慢走出來，她轉頭對我說：「戀愛的人多多少少都是強迫症吧。」

這下換我默然不語了。熱戀的時候，哪怕只是靜靜的坐著，突然想到愛人，便忍不住的心跳加快；忍不住的微笑起來；忍不住要傳個簡訊告訴那人「我愛你」。熱戀的時候，這世界上的人都不重要，只想跟愛人吃飯、散步、做許多傻事，幸福滿點。

我們一遍又一遍的告訴愛人，對他的愛與情意；也要求愛人一遍又一遍的宣誓，他對我的愛有多麼深刻與獨特。就算是失戀了，我們企求著愛人回心轉意；我們企求著愛情重新降臨，我們一遍又一遍的哭泣，一次又一次的回味相戀時的每個細節，這些不也是強迫症？

愛得愈深，症狀愈明顯，幸福感卻愈強烈。怪不得有人說，愛情就是一種被社會允許和祝福的精神疾病。不管如何，當愛人執著於，給我一個完美的親吻，確實是很幸福的。

最好的挑選了我

我的朋友雅芸是個很優秀的女人，她還是個學生的時候，在西門町逛街就被星探一路跟蹤。當時，她已經認識了一位品學兼優的研究生，這個男人去了美國公費留學，不久就和她分手，娶了一位僑領的女兒。

雅芸從這件事裡明白了女人當自強，只是美麗、優雅、專情還不夠。她大學畢業之後，出國留學，每學期都拿獎學金，幾個男人對她的追求，莫名其妙的無疾而終，後來她才聽說，這些男人覺得她是朵美麗的玫瑰花，卻自覺高攀不得。

「其實我都是很nice的，從來不發脾氣。」那年，我在美國的一場派對認識她，一見如故，她很坦誠的告訴我，這樣的情況確實讓她有些煩惱。

我注意到男人見到她的第一個表情都是驚豔，接下來便有些黯然。應該是悄悄在心中衡量一下，給自己打了個分數吧。

「我覺得這根本不是妳的問題，是男人的自信心不足，如此而已。」

雅芸後來在一家跨國企業工作，很短時間就升為亞洲區副總裁，尤其是中國市場日趨重要，她的青春與歲月燃燒出耀眼光華。

四十歲那年，她發覺女性當自強這想法根本是錯的：「妳得在創作中告訴女人，如果在愛情裡受挫，不見得要自強，有時候應該變弱。太強的女人只會讓男人感到威脅，不會愛慕的。」

四十五歲那年，我聽說了雅芸結婚的消息，她的丈夫是一個美國人，比她小十歲，卻一直以為雅芸比自己小十歲。

「亞洲女人的好處就是，只要不發胖，就能看著年輕。」我們都為「看著年輕」這句話笑了。

「那個，妳沒寫吧？」她問。

「哪個？」

「就是女人要變弱啊。別寫！女人當然要強，才能被夠強的男人愛慕。」她說。

我忽然想到印度詩哲泰戈爾說的：「我不能挑選最好的，是最好的挑選我。」愛情，當然不該是退而求其次的，想要愛的人們，也不該讓自己退而求其次，更不該不斷的折墮自己，我一直這麼相信，所以，從沒那樣寫。